ARTHUR SCHNITZLER

REIGEN

Zehn Dialoge

HAMBURGER LESEHEFTE VERLAG
HUSUM/NORDSEE

PERSONEN

DIE DIRNE
DER SOLDAT
DAS STUBENMÄDCHEN
DER JUNGE HERR
DIE JUNGE FRAU
DER EHEGATTE
DAS SÜSSE MÄDEL
DER DICHTER
DIE SCHAUSPIELERIN
DER GRAF

DIE DIRNE UND DER SOLDAT

Spät abends. An der Augartenbrücke.

SOLDAT (*kommt pfeifend, will nach Hause).*

DIRNE. Komm, mein schöner Engel.

SOLDAT (*wendet sich um und geht wieder weiter).*

DIRNE. Willst du nicht mit mir kommen?

SOLDAT. Ah, ich bin der schöne Engel?

DIRNE. Freilich, wer denn? Geh, komm zu mir. Ich wohn gleich in der Näh.

SOLDAT. Ich hab keine Zeit. Ich muss in die Kasern!

DIRNE. In die Kasern kommst immer noch zurecht. Bei mir is besser.

SOLDAT (*ihr nahe).* Das ist schon möglich.

DIRNE. Pst. Jeden Moment kann ein Wachmann kommen.

SOLDAT. Lächerlich! Wachmann! Ich hab auch mein Seiteng'wehr!

DIRNE. Geh, komm mit.

SOLDAT. Lass mich in Ruh. Geld hab ich eh keins.

DIRNE. Ich brauch kein Geld.

SOLDAT (*bleibt stehen. Sie sind bei einer Laterne).* Du brauchst kein Geld? Wer bist denn du nachher?

DIRNE. Zahlen tun mir die Zivilisten. So einer wie du kann's immer umsonst bei mir haben.

SOLDAT. Du bist am End die, von der mir der Huber erzählt hat. –

DIRNE. Ich kenn kein Huber nicht.

SOLDAT. Du wirst schon die sein. Weißt – in dem Kaffeehaus in der Schiffgassen – von dort ist er mit dir z' Haus 'gangen.

DIRNE. Von dem Kaffeehaus bin ich schon mit gar vielen z' Haus 'gangen … oh! oh! –

SOLDAT. Also gehn wir, gehn wir.

DIRNE. Was, jetzt hast's eilig?

SOLDAT. Na, worauf soll'n wir noch warten? Und um zehn muss ich in der Kasern sein.

DIRNE. Wie lang dienst denn schon?

SOLDAT. Was geht denn das dich an? Wohnst weit?

DIRNE. Zehn Minuten zum Gehn.

SOLDAT. Das ist mir zu weit. Gib mir ein Pussel.

DIRNE (*küsst ihn).* Das ist mir eh das Liebste, wenn ich einen gern hab!

SOLDAT. Mir nicht. Nein, ich geh nicht mit dir, es ist mir zu weit.

DIRNE. Weißt was, komm morgen am Nachmittag.
SOLDAT. Gut is. Gib mir deine Adresse.
DIRNE. Aber du kommst am End nicht.
SOLDAT. Wenn ich dir's sag!
DIRNE. Du, weißt was – wenn's dir zu weit ist heut Abend zu mir – da … da … (*Weist auf die Donau*).
SOLDAT. Was ist das?
DIRNE. Da ist auch schön ruhig … Jetzt kommt kein Mensch.
SOLDAT. Ah, das ist nicht das Rechte.
DIRNE. Bei mir is immer das Rechte. Geh, bleib jetzt bei mir. Wer weiß, ob wir morgen noch 's Leben haben.
SOLDAT. So komm – aber g'schwind!
DIRNE. Gib Obacht, da ist so dunkel. Wennst ausrutschst, liegst in der Donau.
SOLDAT. Wär eh das Beste.
DIRNE. Pst, so wart nur ein bissel. Gleich kommen wir zu einer Bank.
SOLDAT. Kennst dich da gut aus.
DIRNE. So einen wie dich möcht ich zum Geliebten.
SOLDAT. Ich tät dir zu viel eifern.
DIRNE. Das möcht ich dir schon abgewöhnen.
SOLDAT. Ha –
DIRNE. Nicht so laut. Manchmal is doch, dass sich ein Wächter her verirrt. Sollt man glauben, dass wir da mitten in der Wienerstadt sind?
SOLDAT. Daher komm, daher.
DIRNE. Aber was fällt dir denn ein, wenn wir da ausrutschen, liegen wir im Wasser unten.
SOLDAT (*hat sie gepackt*). Ah, du –
DIRNE. Halt dich nur fest an.
SOLDAT. Hab kein Angst …

––– ––– ––– ––– ––– ––– ––– ––– ––– ––– –––

DIRNE. Auf der Bank wär's schon besser gewesen.
SOLDAT. Da oder da … Na, krall aufi.
DIRNE. Was laufst denn so?
SOLDAT. Ich muss in die Kasern, ich komm eh schon zu spät.
DIRNE. Geh, du, wie heißt denn?
SOLDAT. Was interessiert dich denn das, wie ich heiß?
DIRNE. Ich heiß Leocadia.
SOLDAT. Ha! – So an' Namen hab ich auch noch nie gehört.
DIRNE. Du!
SOLDAT. Na, was willst denn?
DIRNE. Geh, ein Sechserl für'n Hausmeister gib mir wenigstens! –

SOLDAT. Ha! ... Glaubst, ich bin deine Wurzen ... Servus! Leocadia ...

DIRNE. Strizzi! Fallott! –

(Er ist verschwunden.)

DER SOLDAT UND DAS STUBENMÄDCHEN

Prater. Sonntagabend.
Ein Weg, der vom Wurstelprater aus in die dunkeln Alleen führt. Hier hört man noch die wirre Musik aus dem Wurstelprater; auch die Klänge vom Fünfkreuzertanz, eine ordinäre Polka, von Bläsern gespielt.
Der Soldat. Das Stubenmädchen.

STUBENMÄDCHEN. Jetzt sagen S' mir aber, warum S' durchaus schon haben fortgehen müssen.

SOLDAT (*lacht verlegen, dumm*).

STUBENMÄDCHEN. Es ist doch so schön gewesen. Ich tanz so gern.

SOLDAT (*fasst sie um die Taille*).

STUBENMÄDCHEN (*lässt's geschehen*). Jetzt tanzen wir ja nimmer. Warum halten S' mich so fest?

SOLDAT. Wie heißen S'? Kathi?

STUBENMÄDCHEN. Ihnen ist immer eine Kathi im Kopf.

SOLDAT. Ich weiß, ich weiß schon ... Marie.

STUBENMÄDCHEN. Sie, da ist aber dunkel. Ich krieg so eine Angst.

SOLDAT. Wenn ich bei Ihnen bin, brauchen S' Ihnen nicht zu fürchten. Gott sei Dank, mir sein mir!

STUBENMÄDCHEN. Aber wohin kommen wir denn da? Da ist ja kein Mensch mehr. Kommen S', gehn wir zurück! – Und so dunkel!

SOLDAT (*zieht an seiner Virginierzigarre, dass das rote Ende leuchtet*). 's wird schon lichter! Haha! Oh, du Schatzerl!

STUBENMÄDCHEN. Ah, was machen S' denn? Wenn ich das gewusst hätt!

SOLDAT. Also der Teufel soll mich holen, wenn eine heut beim Swoboda mollerter gewesen ist als Sie, Fräul'n Marie.

STUBENMÄDCHEN. Haben S' denn bei allen so probiert?

SOLDAT. Was man so merkt, beim Tanzen. Da merkt man gar viel! Ha!

STUBENMÄDCHEN. Aber mit der Blonden mit dem schiefen Gesicht haben S' doch mehr 'tanzt als mit mir.

SOLDAT. Das ist eine alte Bekannte von einem meinigen Freund.

STUBENMÄDCHEN. Von dem Korporal mit dem aufdrehten Schnurrbart?

SOLDAT. Ah nein, das ist der Zivilist gewesen, wissen S', der im Anfang am Tisch mit mir g'sessen ist, der so heis'rig red't.

STUBENMÄDCHEN. Ah, ich weiß schon. Das ist ein kecker Mensch.

SOLDAT. Hat er Ihnen was 'tan? Dem möcht ich's zeigen! Was hat er Ihnen 'tan?

STUBENMÄDCHEN. O nichts – ich hab nur gesehn, wie er mit die andern ist.

SOLDAT. Sagen S', Fräulein Marie ...

STUBENMÄDCHEN. Sie werden mich verbrennen mit Ihrer Zigarrn.

SOLDAT. Pahdon! – Fräul'n Marie. Sagen wir uns Du.

STUBENMÄDCHEN. Wir sein noch nicht so gute Bekannte. –

SOLDAT. Es können sich gar viele nicht leiden und sagen doch Du zueinander.

STUBENMÄDCHEN. 's nächste Mal, wenn wir ... Aber, Herr Franz –

SOLDAT. Sie haben sich meinen Namen g'merkt?

STUBENMÄDCHEN. Aber, Herr Franz ...

SOLDAT. Sagen S' Franz, Fräulein Marie.

STUBENMÄDCHEN. So sein S' nicht so keck – aber pst, wenn wer kommen tät!

SOLDAT. Und wenn schon einer kommen tät, man sieht ja nicht zwei Schritt weit.

STUBENMÄDCHEN. Aber um Gottes willen, wohin kommen wir denn da?

SOLDAT. Sehn S', da sind zwei grad wie mir.

STUBENMÄDCHEN. Wo denn? Ich seh gar nichts.

SOLDAT. Da ... vor uns.

STUBENMÄDCHEN. Warum sagen S' denn: zwei wie mir? –

SOLDAT. Na, ich mein halt, die haben sich auch gern.

STUBENMÄDCHEN. Aber geben S' doch acht, was ist denn da, jetzt wär ich beinah g'fallen.

SOLDAT. Ah, das ist das Gatter von der Wiesen.

STUBENMÄDCHEN. Stoßen S' doch nicht so, ich fall ja um.

SOLDAT. Pst, nicht so laut.

STUBENMÄDCHEN. Sie, jetzt schrei ich aber wirklich. – Aber was machen S' denn ... aber –

SOLDAT. Da ist jetzt weit und breit keine Seel.

STUBENMÄDCHEN. So gehn wir zurück, wo Leut' sein.

SOLDAT. Wir brauchen keine Leut', was, Marie, wir brauchen … dazu … haha.

STUBENMÄDCHEN. Aber, Herr Franz, bitt Sie, um Gottes willen, schaun S', wenn ich das gewusst … oh … oh … komm!

SOLDAT (*selig*). Herrgott noch einmal … ah …

STUBENMÄDCHEN. Ich kann dein G'sicht gar nicht sehn.

SOLDAT. A was – G'sicht

SOLDAT. Ja, Sie, Fräul'n Marie, da im Gras können S' nicht liegen bleiben.

STUBENMÄDCHEN. Geh, Franz, hilf mir.

SOLDAT. Na, komm zugi.

STUBENMÄDCHEN. O Gott, Franz.

SOLDAT. Naja, was ist denn mit dem Franz?

STUBENMÄDCHEN. Du bist ein schlechter Mensch, Franz.

SOLDAT. Ja, ja. Geh, wart ein bissel.

STUBENMÄDCHEN. Was lasst mich denn aus?

SOLDAT. Na, die Virginier werd ich mir doch anzünden dürfen.

STUBENMÄDCHEN. Es ist so dunkel.

SOLDAT. Morgen früh ist schon wieder licht.

STUBENMÄDCHEN. Sag wenigstens, hast mich gern?

SOLDAT. Na, das musst doch g'spürt haben, Fräul'n Marie, ha!

STUBENMÄDCHEN. Wohin gehn wir denn?

SOLDAT. Na, zurück.

STUBENMÄDCHEN. Geh, bitt dich, nicht so schnell!

SOLDAT. Na, was ist denn? Ich geh nicht gern in der Finstern.

STUBENMÄDCHEN. Sag, Franz, hast mich gern?

SOLDAT. Aber grad hab ich's g'sagt, dass ich dich gern hab!

STUBENMÄDCHEN. Geh, willst mir nicht ein Pussel geben?

SOLDAT (*gnädig*). Da … Hörst – jetzt kann man schon wieder die Musik hören.

STUBENMÄDCHEN. Du möcht'st am End gar wieder tanzen gehn?

SOLDAT. Na freilich, was denn?

STUBENMÄDCHEN. Ja, Franz, schau, ich muss zu Haus gehn. Sie werden eh schon schimpfen, mei' Frau ist so eine … die möcht am liebsten, man ging gar nicht fort.

SOLDAT. Naja, geh halt zu Haus.

STUBENMÄDCHEN. Ich hab halt 'dacht, Herr Franz, Sie werden mich z' Haus führen.

SOLDAT. Z' Haus führen? Ah!

STUBENMÄDCHEN. Gehn S', es ist so traurig, allein z' Haus gehn.

SOLDAT. Wo wohnen S' denn?

STUBENMÄDCHEN. Es ist gar nicht so weit – in der Porzellangasse.

SOLDAT. So? Ja, da haben wir ja einen Weg ... aber jetzt ist's mir zu früh ... jetzt wird noch 'draht, heut hab ich über Zeit ... Vor zwölf brauch ich nicht in der Kasern zu sein. I geh noch tanzen.

STUBENMÄDCHEN. Freilich, ich weiß schon, jetzt kommt die Blonde mit dem schiefen Gesicht dran!

SOLDAT. Ha! – Der ihr G'sicht ist gar nicht so schief.

STUBENMÄDCHEN. O Gott, sein die Männer schlecht. Was, Sie machen's sicher mit einer jeden so.

SOLDAT. Das wär z'viel! –

STUBENMÄDCHEN. Franz, bitt schön, heut nimmer – heut bleiben S' mit mir, schaun S' –

SOLDAT. Ja, ja, ist schon gut. Aber tanzen werd ich doch noch dürfen.

STUBENMÄDCHEN. Ich tanz heut mit kein' mehr!

SOLDAT. Da ist er ja schon ...

STUBENMÄDCHEN. Wer denn?

SOLDAT. Der Swoboda! Wie schnell wir wieder da sein. Noch immer spielen s' das ... tadarada tadarada (*Singt mit.*) ... Also wannst auf mich warten willst, so führ ich dich z' Haus ... wenn nicht ... Servus –

STUBENMÄDCHEN. Ja, ich werd warten.

Sie treten in den Tanzsaal ein.

SOLDAT. Wissen S', Fräul'n Marie, ein Glas Bier lassen's Ihnen geben. (*Zu einer Blonden sich wendend, die eben mit einem Burschen vorbeitanzt, sehr hochdeutsch*). Mein Fräulein, darf ich bitten? –

DAS STUBENMÄDCHEN UND DER JUNGE HERR

Heißer Sommernachmittag. – Die Eltern sind schon auf dem Lande. – Die Köchin hat Ausgang. – Das Stubenmädchen schreibt in der Küche einen Brief an den Soldaten, der ihr Geliebter ist. Es klingelt aus dem Zimmer des jungen Herrn. Sie steht auf und geht ins Zimmer des jungen Herrn.

Der junge Herr liegt auf dem Diwan, raucht und liest einen französischen Roman.

DAS STUBENMÄDCHEN. Bitt schön, junger Herr?

DER JUNGE HERR. Ah ja, Marie, ah ja, ich hab geläutet, ja … was hab ich nur … ja richtig, die Rouletten lassen S' herunter, Marie … Es ist kühler, wenn die Rouletten unten sind … ja …

Das Stubenmädchen geht zum Fenster und lässt die Rouletten herunter.

DER JUNGE HERR (*liest weiter*). Was machen S' denn, Marie? Ah ja. Jetzt sieht man aber gar nichts zum Lesen.

DAS STUBENMÄDCHEN. Der junge Herr ist halt immer so fleißig.

DER JUNGE HERR (*überhört das vornehm*). So, ist gut.

Marie geht.

DER JUNGE HERR (*versucht weiterzulesen; lässt bald das Buch fallen, klingelt wieder*).

DAS STUBENMÄDCHEN (*erscheint*).

DER JUNGE HERR. Sie, Marie … ja, was ich habe sagen wollen … ja … ist vielleicht ein Cognac zu Haus?

DAS STUBENMÄDCHEN. Ja, der wird eingesperrt sein.

DER JUNGE HERR. Na, wer hat denn die Schlüssel?

DAS STUBENMÄDCHEN. Die Schlüssel hat die Lini.

DER JUNGE HERR. Wer ist die Lini?

DAS STUBENMÄDCHEN. Die Köchin, Herr Alfred.

DER JUNGE HERR. Na, so sagen S' es halt der Lini.

DAS STUBENMÄDCHEN. Ja, die Lini hat heut Ausgang.

DER JUNGE HERR. So …

DAS STUBENMÄDCHEN. Soll ich dem jungen Herrn vielleicht aus dem Kaffeehaus …

DER JUNGE HERR. Ah nein … es ist so heiß genug. Ich brauch keinen Cognac. Wissen S', Marie, bringen Sie mir ein Glas Wasser. Pst, Marie – aber laufen lassen, dass es recht kalt ist. –

Das Stubenmädchen ab.

DER JUNGE HERR (*sieht ihr nach, bei der Tür wendet sich das Stubenmädchen nach ihm um; der junge Herr schaut in die Luft. – Das Stubenmädchen dreht den Hahn der Wasserleitung auf, lässt das Wasser laufen. Währenddem geht sie in ihr kleines Kabinett, wäscht sich die Hände, richtet vor dem Spiegel ihre Schneckerln. Dann bringt sie dem jungen Herrn das Glas Wasser. Sie tritt zum Diwan*).

DER JUNGE HERR (*richtet sich zur Hälfte auf, das Stubenmädchen gibt ihm das Glas in die Hand, ihre Finger berühren sich*).

DER JUNGE HERR. So, danke. – Na, was ist denn? – Geben Sie acht; stellen Sie das Glas wieder auf die Tasse … (*Er legt sich hin und streckt sich aus*). Wie spät ist's denn? –

DAS STUBENMÄDCHEN. Fünf Uhr, junger Herr.

DER JUNGE HERR. So, fünf Uhr. – Ist gut. –

DAS STUBENMÄDCHEN (*geht; bei der Tür wendet sie sich um; der junge Herr hat ihr nachgeschaut; sie merkt es und lächelt*).

DER JUNGE HERR (*bleibt eine Weile liegen, dann steht er plötzlich auf. Er geht bis zur Tür, wieder zurück, legt sich auf den Diwan. Er versucht wieder zu lesen. Nach ein paar Minuten klingelt er wieder.*)

DAS STUBENMÄDCHEN (*erscheint mit einem Lächeln, das sie nicht zu verbergen sucht*).

DER JUNGE HERR. Sie, Marie, was ich Sie hab fragen wollen. War heut Vormittag nicht der Doktor Schüller da?

DAS STUBENMÄDCHEN. Nein, heut Vormittag war niemand da.

DER JUNGE HERR. So, das ist merkwürdig. Also der Doktor Schüller war nicht da? Kennen Sie überhaupt den Doktor Schüller?

DAS STUBENMÄDCHEN. Freilich. Das ist der große Herr mit dem schwarzen Vollbart.

DER JUNGE HERR. Ja. War er vielleicht doch da?

DAS STUBENMÄDCHEN. Nein, es war niemand da, junger Herr.

DER JUNGE HERR (*entschlossen*). Kommen Sie her, Marie.

DAS STUBENMÄDCHEN (*tritt etwas näher*). Bitt schön.

DER JUNGE HERR. Näher ... so ... ah ... ich hab nur geglaubt ...

DAS STUBENMÄDCHEN. Was haben der junge Herr?

DER JUNGE HERR. Geglaubt ... geglaubt hab ich – Nur wegen Ihrer Blusen ... Was ist das für eine ... Na, kommen S' nur näher. Ich beiß Sie ja nicht.

DAS STUBENMÄDCHEN (*kommt zu ihm*). Was ist mit meiner Blusen? G'fallt sie dem jungen Herrn nicht?

DER JUNGE HERR (*fasst die Bluse an, wobei er das Stubenmädchen zu sich herabzieht*). Blau? Das ist ganz ein schönes Blau. (*Einfach.*) Sie sind sehr nett angezogen, Marie.

DAS STUBENMÄDCHEN. Aber junger Herr ...

DER JUNGE HERR. Na, was ist denn? ... (*Er hat ihre Bluse geöffnet. Sachlich.*) Sie haben eine schöne weiße Haut, Marie.

DAS STUBENMÄDCHEN. Der junge Herr tut mir schmeicheln.

DER JUNGE HERR (*küsst sie auf die Brust*). Das kann doch nicht weh tun.

DAS STUBENMÄDCHEN. O nein.

DER JUNGE HERR. Weil Sie so seufzen! Warum seufzen Sie denn?

DAS STUBENMÄDCHEN. Oh, Herr Alfred …

DER JUNGE HERR. Und was Sie für nette Pantoffeln haben …

DAS STUBENMÄDCHEN. … Aber … junger Herr … wenn's draußen läut' –

DER JUNGE HERR. Wer wird denn jetzt läuten?

DAS STUBENMÄDCHEN. Aber junger Herr … schaun S' … es ist so licht …

DER JUNGE HERR. Vor mir brauchen Sie sich nicht zu genieren. Sie brauchen sich überhaupt vor niemandem … wenn man so hübsch ist. Ja, meiner Seel; Marie, Sie sind … Wissen Sie, Ihre Haare riechen sogar angenehm.

DAS STUBENMÄDCHEN. Herr Alfred …

DER JUNGE HERR. Machen Sie keine solchen Geschichten, Marie … ich hab Sie schon anders auch geseh'n. Wie ich neulich in der Nacht nach Haus gekommen bin und mir Wasser geholt hab; da ist die Tür zu Ihrem Zimmer offen gewesen … na …

DAS STUBENMÄDCHEN (*verbirgt ihr Gesicht*). O Gott, aber das hab ich gar nicht gewusst, dass der Herr Alfred so schlimm sein kann.

DER JUNGE HERR. Da hab ich sehr viel gesehen … das und das … und das … und –

DAS STUBENMÄDCHEN. Aber, Herr Alfred!

DER JUNGE HERR. Komm, komm … daher … so, ja so …

DAS STUBENMÄDCHEN. Aber wenn jetzt wer läutet –

DER JUNGE HERR. Jetzt hören Sie schon einmal auf … macht man höchstens nicht auf …

––– ––– ––– ––– ––– ––– ––– ––– ––– ––– –––

Es klingelt.

DER JUNGE HERR. Donnerwetter … Und was der Kerl für einen Lärm macht. – Am End hat der schon früher geläutet, und wir haben's nicht gemerkt.

DAS STUBENMÄDCHEN. Oh, ich hab alleweil aufgepasst.

DER JUNGE HERR. Na, so schaun S' endlich nach – durchs Guckerl. –

DAS STUBENMÄDCHEN. Herr Alfred … Sie sind aber … nein … so schlimm.

DER JUNGE HERR. Bitt Sie, schaun S' jetzt nach …

DAS STUBENMÄDCHEN (*geht ab*).

DER JUNGE HERR (*öffnet rasch die Rouleaux*).

DAS STUBENMÄDCHEN (*erscheint wieder*). Der ist jedenfalls schon wieder weggangen. Jetzt ist niemand mehr da. Vielleicht ist es der Doktor Schüller gewesen.

DER JUNGE HERR (*ist unangenehm berührt*). Es ist gut.

DAS STUBENMÄDCHEN (*nähert sich ihm).*

DER JUNGE HERR (*entzieht sich ihr).* – Sie, Marie – ich geh jetzt ins Kaffeehaus.

DAS STUBENMÄDCHEN (*zärtlich).* Schon … Herr Alfred.

DER JUNGE HERR (*streng).* Ich geh jetzt ins Kaffeehaus. Wenn der Doktor Schüller kommen sollte …

DAS STUBENMÄDCHEN. Der kommt heut nimmer.

DER JUNGE HERR (*noch strenger).* Wenn der Doktor Schüller kommen sollte, ich, ich … ich bin – im Kaffeehaus. – (*Geht ins andere Zimmer.)*

DAS STUBENMÄDCHEN (*nimmt eine Zigarre vom Rauchtisch, steckt sie ein und geht ab).*

DER JUNGE HERR UND DIE JUNGE FRAU

Abend. – Ein mit banaler Eleganz möblierter Salon in einem Hause der Schwindgasse.

Der junge Herr ist eben eingetreten, zündet, während er noch den Hut auf dem Kopf und den Überzieher anhat, die Kerzen an. Dann öffnet er die Tür zum Nebenzimmer und wirft einen Blick hinein. Von den Kerzen des Salons geht der Lichtschein über das Parkett bis zu einem Himmelbett, das an der abschließenden Wand steht. Von dem Kamin in einer Ecke des Schlafzimmers verbreitet sich ein rötlicher Lichtschein auf die Vorhänge des Bettes. – Der junge Herr besichtigt auch das Schlafzimmer. Von dem Trumeau nimmt er einen Sprayapparat und bespritzt die Bettpolster mit feinen Strahlen von Veilchenparfüm. Dann geht er mit dem Sprayapparat durch beide Zimmer und drückt unaufhörlich auf den kleinen Ballon, sodass es bald überall nach Veilchen riecht. Dann legt er Überzieher und Hut ab. Er setzt sich auf den blausamtenen Fauteuil, zündet sich eine Zigarette an und raucht. Nach einer kleinen Weile erhebt er sich wieder und vergewissert sich, dass die grünen Jalousien geschlossen sind. Plötzlich geht er wieder ins Schlafzimmer, öffnet die Lade des Nachtkästchens. Er fühlt hinein und findet eine Schildkröthaarnadel. Er sucht nach einem Ort, sie zu verstecken, gibt sie endlich in die Tasche seines Überziehers. Dann öffnet er einen Schrank, der im Salon steht, nimmt eine silberne Tasse mit einer Flasche Cognac und zwei Likörgläschen heraus, stellt alles auf den Tisch. Er geht wieder zu seinem Überzieher, aus dem er jetzt ein kleines weißes Päckchen nimmt. Er öffnet es und legt es zum Cognac; geht wieder zum Schrank, nimmt zwei kleine Teller und Essbestecke heraus. Er entnimmt dem klei-

nen Paket eine glasierte Kastanie und isst sie. Dann schenkt er sich ein Glas Cognac ein und trinkt es rasch aus. Dann sieht er auf seine Uhr. Er geht im Zimmer auf und ab. – Vor dem großen Wandspiegel bleibt er eine Weile stehen, richtet mit seinem Taschenkamm das Haar und den kleinen Schnurrbart. – Er geht nun zur Vorzimmertür und horcht. Nichts regt sich. Dann zieht er die blauen Portieren, die vor der Schlafzimmertür angebracht sind, zusammen. Es klingelt. Der junge Herr fährt leicht zusammen. Dann setzt er sich auf den Fauteuil und erhebt sich erst, als die Tür geöffnet wird und die junge Frau eintritt. –

DIE JUNGE FRAU (*dicht verschleiert, schließt die Tür hinter sich, bleibt einen Augenblick stehen, indem sie die linke Hand aufs Herz legt, als müsse sie eine gewaltige Erregung bemeistern).*

DER JUNGE HERR (*tritt auf sie zu, nimmt ihre linke Hand und drückt auf den weißen, schwarz tamburierten Handschuh einen Kuss. Er sagt leise)* Ich danke Ihnen.

DIE JUNGE FRAU. Alfred – Alfred!

DER JUNGE HERR. Kommen Sie, gnädige Frau … Kommen Sie, Frau Emma …

DIE JUNGE FRAU. Lassen Sie mich noch eine Weile – bitte … o bitte sehr, Alfred! (*Sie steht noch immer an der Tür.)*

DER JUNGE HERR (*steht vor ihr, hält ihre Hand).*

DIE JUNGE FRAU. Wo bin ich denn eigentlich?

DER JUNGE HERR. Bei mir.

DIE JUNGE FRAU. Dieses Haus ist schrecklich, Alfred.

DER JUNGE HERR. Warum denn? Es ist ein sehr vornehmes Haus.

DIE JUNGE FRAU. Ich bin zwei Herren auf der Stiege begegnet.

DER JUNGE HERR. Bekannte?

DIE JUNGE FRAU. Ich weiß nicht. Es ist möglich.

DER JUNGE HERR. Pardon, gnädige Frau – aber Sie kennen doch Ihre Bekannten.

DIE JUNGE FRAU. Ich habe ja gar nichts gesehen.

DER JUNGE HERR. Aber wenn es selbst Ihre besten Freunde waren – sie können ja *Sie* nicht erkannt haben. Ich selbst … wenn ich nicht wüsste, dass Sie es sind … dieser Schleier –

DIE JUNGE FRAU. Es sind zwei.

DER JUNGE HERR. Wollen Sie nicht ein bisschen näher? … Und Ihren Hut legen Sie doch wenigstens ab!

DIE JUNGE FRAU. Was fällt Ihnen ein, Alfred? Ich habe Ihnen

gesagt: Fünf Minuten … Nein, länger nicht … ich schwöre Ihnen –

DER JUNGE HERR. Also den Schleier –

DIE JUNGE FRAU. Es sind zwei.

DER JUNGE HERR. Nun ja, beide Schleier – ich werde Sie doch wenigstens sehen dürfen.

DIE JUNGE FRAU. Haben Sie mich denn lieb, Alfred?

DER JUNGE HERR (*tief verletzt*). Emma – Sie fragen mich …

DIE JUNGE FRAU. Es ist hier so heiß.

DER JUNGE HERR. Aber Sie haben ja Ihre Pelzmantille an – Sie werden sich wahrhaftig verkühlen.

DIE JUNGE FRAU (*tritt endlich ins Zimmer, wirft sich auf den Fauteuil*). Ich bin todmüd.

DER JUNGE HERR. Erlauben Sie. (*Er nimmt ihr die Schleier ab; nimmt die Nadel aus ihrem Hut, legt Hut, Nadel, Schleier beiseite.*)

DIE JUNGE FRAU (*lässt es geschehen*).

DER JUNGE HERR (*steht vor ihr, schüttelt den Kopf*).

DIE JUNGE FRAU. Was haben Sie?

DER JUNGE HERR. So schön waren Sie noch nie.

DIE JUNGE FRAU. Wieso?

DER JUNGE HERR. Allein … allein mit Ihnen – Emma – (*Er lässt sich neben ihrem Fauteuil nieder, auf ein Knie, nimmt ihre beiden Hände und bedeckt sie mit Küssen.*)

DIE JUNGE FRAU. Und jetzt … lassen Sie mich wieder gehen. Was Sie von mir verlangt haben, hab ich getan.

DER JUNGE HERR (*lässt seinen Kopf auf ihren Schoß sinken*).

DIE JUNGE FRAU. Sie haben mir versprochen, brav zu sein.

DER JUNGE HERR. Ja.

DIE JUNGE FRAU. Man erstickt in diesem Zimmer.

DER JUNGE HERR (*steht auf*). Noch haben Sie Ihre Mantille an.

DIE JUNGE FRAU. Legen Sie sie zu meinem Hut.

DER JUNGE HERR (*nimmt ihr die Mantille ab und legt sie gleichfalls auf den Diwan*).

DIE JUNGE FRAU. Und jetzt – adieu –

DER JUNGE HERR. Emma –! – Emma! –

DIE JUNGE FRAU. Die fünf Minuten sind längst vorbei.

DER JUNGE HERR. Noch nicht eine! –

DIE JUNGE FRAU. Alfred, sagen Sie mir einmal ganz genau, wie spät es ist.

DER JUNGE HERR. Es ist Punkt Viertel sieben.

DIE JUNGE FRAU. Jetzt sollte ich längst bei meiner Schwester sein.

DER JUNGE HERR. Ihre Schwester können Sie oft sehen …

DIE JUNGE FRAU. O Gott, Alfred, warum haben Sie mich dazu verleitet.

DER JUNGE HERR. Weil ich Sie … anbete, Emma.

DIE JUNGE FRAU. Wie vielen haben Sie das schon gesagt?

DER JUNGE HERR. Seit ich Sie gesehen, niemandem.

DIE JUNGE FRAU. Was bin ich für eine leichtsinnige Person! Wer mir das vorausgesagt hätte … noch vor acht Tagen … noch gestern …

DER JUNGE HERR. Und vorgestern haben Sie mir ja schon versprochen …

DIE JUNGE FRAU. Sie haben mich so gequält. Aber ich habe es nicht tun wollen. Gott ist mein Zeuge – ich habe es nicht tun wollen … Gestern war ich fest entschlossen … Wissen Sie, dass ich Ihnen gestern Abend sogar einen langen Brief geschrieben habe?

DER JUNGE HERR. Ich habe keinen bekommen.

DIE JUNGE FRAU. Ich habe ihn wieder zerrissen. Oh, ich hätte Ihnen lieber diesen Brief schicken sollen.

DER JUNGE HERR. Es ist doch besser so.

DIE JUNGE FRAU. O nein, es ist schändlich von mir. Ich begreife mich selber nicht. Adieu, Alfred, lassen Sie mich.

DER JUNGE HERR (*umfasst sie und bedeckt ihr Gesicht mit heißen Küssen*).

DIE JUNGE FRAU. So … halten Sie Ihr Wort …

DER JUNGE HERR. Noch einen Kuss – noch einen.

DIE JUNGE FRAU. Den letzten.

Er küsst sie; sie erwidert den Kuss; ihre Lippen bleiben lange aneinandergeschlossen.

DER JUNGE HERR. Soll ich Ihnen etwas sagen, Emma? Ich weiß jetzt erst, was Glück ist.

DIE JUNGE FRAU (*sinkt in einen Fauteuil zurück*).

DER JUNGE HERR (*setzt sich auf die Lehne, schlingt einen Arm leicht um ihren Nacken*). … oder vielmehr, ich weiß jetzt erst, was Glück sein könnte.

DIE JUNGE FRAU (*seufzt tief auf*).

DER JUNGE HERR (*küsst sie wieder*).

DIE JUNGE FRAU. Alfred, Alfred, was machen Sie aus mir!

DER JUNGE HERR. Nicht wahr – es ist hier gar nicht so ungemütlich … Und wir sind ja hier so sicher! Es ist doch tausendmal schöner als diese Rendezvous im Freien …

DIE JUNGE FRAU. Oh, erinnern Sie mich nur nicht daran.

DER JUNGE HERR. Ich werde auch daran immer mit tausend

Freuden denken. Für mich ist jede Minute, die ich an Ihrer Seite verbringen durfte, eine süße Erinnerung.

DIE JUNGE FRAU. Erinnern Sie sich noch an den Industriellenball?

DER JUNGE HERR. Ob ich mich daran erinnere …? Da bin ich ja während des Soupers neben Ihnen gesessen, ganz nahe neben Ihnen. Ihr Mann hat Champagner …

DIE JUNGE FRAU (*sieht ihn klagend an*).

DER JUNGE HERR. Ich wollte nur vom Champagner reden. Sagen Sie, Emma, wollen Sie nicht ein Glas Cognac trinken?

DIE JUNGE FRAU. Einen Tropfen, aber geben Sie mir vorher ein Glas Wasser.

DER JUNGE HERR. Ja … Wo ist denn nur – ach ja … (*Er schlägt die Portiere zurück und geht ins Schlafzimmer.*)

DIE JUNGE FRAU (*sieht ihm nach*).

DER JUNGE HERR (*kommt zurück mit einer Karaffe Wasser und zwei Trinkgläsern*).

DIE JUNGE FRAU. Wo waren Sie denn?

DER JUNGE HERR. Im … Nebenzimmer. (*Schenkt ein Glas Wasser ein.*)

DIE JUNGE FRAU. Jetzt werde ich Sie etwas fragen, Alfred – und schwören Sie mir, dass Sie mir die Wahrheit sagen werden.

DER JUNGE HERR. Ich schwöre. –

DIE JUNGE FRAU. War in diesen Räumen schon jemals eine andere Frau?

DER JUNGE HERR. Aber Emma – dieses Haus steht schon zwanzig Jahre!

DIE JUNGE FRAU. Sie wissen, was ich meine, Alfred … Mit Ihnen! Bei Ihnen!

DER JUNGE HERR. Mit mir – hier – Emma! – Es ist nicht schön, dass Sie an so etwas denken können.

DIE JUNGE FRAU. Also Sie haben … wie soll ich … Aber nein, ich will Sie lieber nicht fragen. Es ist besser, wenn ich nicht frage. Ich bin ja selbst schuld. Alles rächt sich.

DER JUNGE HERR. Ja, was haben Sie denn? Was ist Ihnen denn? Was rächt sich?

DIE JUNGE FRAU. Nein, nein, nein, ich darf nicht zum Bewusstsein kommen … Sonst müsste ich vor Scham in die Erde sinken.

DER JUNGE HERR (*mit der Karaffe Wasser in der Hand, schüttelt traurig den Kopf*). Emma, wenn Sie ahnen könnten, wie weh Sie mir tun.

DIE JUNGE FRAU (*schenkt sich ein Glas Cognac ein*).

DER JUNGE HERR. Ich will Ihnen etwas sagen, Emma. Wenn Sie sich schämen, hier zu sein – wenn ich Ihnen also gleichgültig bin – wenn Sie nicht fühlen, dass Sie für mich alle Seligkeit der Welt bedeuten – – so gehn Sie lieber. –

DIE JUNGE FRAU. Ja, das werd ich auch tun.

DER JUNGE HERR (*sie bei der Hand fassend*). Wenn Sie aber ahnen, dass ich ohne Sie nicht leben kann, dass ein Kuss auf Ihre Hand für mich mehr bedeutet als alle Zärtlichkeiten, die alle Frauen auf der ganzen Welt … Emma, ich bin nicht wie die anderen jungen Leute, die den Hof machen können – ich bin vielleicht zu naiv … ich …

DIE JUNGE FRAU. Wenn Sie aber doch sind wie die anderen jungen Leute?

DER JUNGE HERR. Dann wären Sie heute nicht da – denn Sie sind nicht wie die anderen Frauen.

DIE JUNGE FRAU. Woher wissen Sie das?

DER JUNGE HERR (*hat sie zum Diwan gezogen, sich nahe neben sie gesetzt*). Ich habe viel über Sie nachgedacht. Ich weiß, Sie sind unglücklich.

DIE JUNGE FRAU (*erfreut*). Ja.

DER JUNGE HERR. Das Leben ist so leer, so nichtig – und dann – so kurz – so entsetzlich kurz! Es gibt nur ein Glück … einen Menschen finden, von dem man geliebt wird –

DIE JUNGE FRAU (*hat eine kandierte Birne vom Tisch genommen, nimmt sie in den Mund*).

DER JUNGE HERR. Mir die Hälfte! (*Sie reicht sie ihm mit den Lippen*).

DIE JUNGE FRAU (*fasst die Hände des jungen Herrn, die sich zu verirren drohen*). Was tun Sie denn, Alfred … Ist das Ihr Versprechen?

DER JUNGE HERR (*die Birne verschluckend, dann kühner*). Das Leben ist so kurz.

DIE JUNGE FRAU (*schwach*). Aber das ist ja kein Grund –

DER JUNGE HERR (*mechanisch*). O ja.

DIE JUNGE FRAU (*schwächer*). Schauen Sie, Alfred, und Sie haben doch versprochen, brav … Und es ist so hell …

DER JUNGE HERR. Komm, komm, du Einzige, Einzige … (*Er hebt sie vom Diwan empor*).

DIE JUNGE FRAU. Was machen Sie denn?

DER JUNGE HERR. Da drin ist es gar nicht hell.

DIE JUNGE FRAU. Ist denn da noch ein Zimmer?

DER JUNGE HERR (*zieht sie mit*). Ein schönes … und ganz dunkel.

DIE JUNGE FRAU. Bleiben wir doch lieber hier.

DER JUNGE HERR (*bereits mit ihr hinter der Portiere, im Schlafzimmer, nestelt ihr die Taille auf*).

DIE JUNGE FRAU. Sie sind so … o Gott, was machen Sie aus mir! – Alfred!

DER JUNGE HERR. Ich bete dich an, Emma!

DIE JUNGE FRAU. So wart doch, wart doch wenigstens … (*Schwach.*) Geh … ich ruf dich dann.

DER JUNGE HERR. Lass mir dich – lass dir mich (*Er verspricht sich.*) … lass … mich – dir – helfen.

DIE JUNGE FRAU. Du zerreißt mir ja alles.

DER JUNGE HERR. Du hast kein Mieder an?

DIE JUNGE FRAU. Ich trag nie ein Mieder. Die Odilon trägt auch keines. Aber die Schuh' kannst du mir aufknöpfeln.

DER JUNGE HERR (*knöpfelt die Schuhe auf, küsst ihre Füße*).

DIE JUNGE FRAU (*ist ins Bett geschlüpft*). Oh, mir ist kalt.

DER JUNGE HERR. Gleich wird's warm werden.

DIE JUNGE FRAU (*leise lachend*). Glaubst du?

DER JUNGE HERR (*unangenehm berührt, für sich*). Das hätte sie nicht sagen sollen. (*Entkleidet sich im Dunkel.*)

DIE JUNGE FRAU (*zärtlich*). Komm, komm, komm!

DER JUNGE HERR (*dadurch wieder in besserer Stimmung*). Gleich – –

DIE JUNGE FRAU. Es riecht hier so nach Veilchen.

DER JUNGE HERR. Das bist du selbst … Ja (*Zu ihr.*) du selbst.

DIE JUNGE FRAU. Alfred … Alfred!!!!

DER JUNGE HERR. Emma …

––– ––– ––– ––– ––– ––– ––– ––– ––– ––– –––

DER JUNGE HERR. Ich habe dich offenbar zu lieb … ja … ich bin wie von Sinnen.

DIE JUNGE FRAU. …

DER JUNGE HERR. Die ganzen Tage über bin ich schon wie verrückt. Ich hab es geahnt.

DIE JUNGE FRAU. Mach dir nichts draus.

DER JUNGE HERR. O gewiss nicht. Es ist ja geradezu selbstverständlich, wenn man …

DIE JUNGE FRAU. Nicht … nicht … Du bist nervös. Beruhige dich nur …

DER JUNGE HERR. Kennst du Stendhal?

DIE JUNGE FRAU. Stendhal?

DER JUNGE HERR. Die „Psychologie de l'amour".

DIE JUNGE FRAU. Nein, warum fragst du mich?

DER JUNGE HERR. Da kommt eine Geschichte drin vor, die sehr bezeichnend ist.

DIE JUNGE FRAU. Was ist das für eine Geschichte?

DER JUNGE HERR. Das ist eine ganze Gesellschaft von Kavallerieoffizieren zusammen –

DIE JUNGE FRAU. So.

DER JUNGE HERR. Und die erzählen von ihren Liebesabenteuern. Und jeder berichtet, dass ihm bei der Frau, die er am meisten, weißt du, am leidenschaftlichsten geliebt hat … dass ihn die, dass er die – also kurz und gut, dass es jedem bei dieser Frau so gegangen ist wie jetzt mir.

DIE JUNGE FRAU. Ja.

DER JUNGE HERR. Das ist sehr charakteristisch.

DIE JUNGE FRAU. Ja.

DER JUNGE HERR. Es ist noch nicht aus. Ein Einziger behauptet … es sei ihm in seinem ganzen Leben noch nicht passiert, aber, setzt Stendhal hinzu – das war ein berüchtigter Bramarbas.

DIE JUNGE FRAU. So. –

DER JUNGE HERR. Und doch verstimmt es einen, das ist das Dumme, so gleichgültig es eigentlich ist.

DIE JUNGE FRAU. Freilich. Überhaupt weißt du … du hast mir ja versprochen, brav zu sein.

DER JUNGE HERR. Geh, nicht lachen, das bessert die Sache nicht.

DIE JUNGE FRAU. Aber nein, ich lache ja nicht. Das von Stendhal ist wirklich interessant. Ich habe immer gedacht, dass nur bei älteren … oder bei sehr … weißt du, bei Leuten, die viel gelebt haben …

DER JUNGE HERR. Was fällt dir ein. Das hat damit gar nichts zu tun. Ich habe übrigens die hübscheste Geschichte aus dem Stendhal ganz vergessen. Da ist einer von den Kavallerieoffizieren, der erzählt sogar, dass er drei Nächte oder gar sechs … ich weiß nicht mehr, mit der Frau zusammen war, die er durch Wochen hindurch verlangt hat – désirée – verstehst du –, und die haben alle diese Nächte hindurch nichts getan als vor Glück geweint … beide …

DIE JUNGE FRAU. Beide?

DER JUNGE HERR. Ja. Wundert dich das? Ich find das so begreiflich – gerade wenn man sich liebt.

DIE JUNGE FRAU. Aber es gibt gewiss viele, die nicht weinen.

DER JUNGE HERR (*nervös*). Gewiss … das ist ja auch ein exceptioneller Fall.

DIE JUNGE FRAU. Ah – ich dachte, Stendhal sagte, alle Kavallerieoffiziere weinen bei dieser Gelegenheit.

DER JUNGE HERR. Siehst du, jetzt machst du dich doch lustig.

DIE JUNGE FRAU. Aber was fällt dir ein! Sei doch nicht kindisch, Alfred!

DER JUNGE HERR. Es macht nun einmal nervös … Dabei habe ich die Empfindung, dass du ununterbrochen daran denkst. Das geniert mich erst recht.

DIE JUNGE FRAU. Ich denke absolut nicht daran.

DER JUNGE HERR. O ja. Wenn ich nur überzeugt wäre, dass du mich liebst.

DIE JUNGE FRAU. Verlangst du noch mehr Beweise?

DER JUNGE HERR. Siehst du … immer machst du dich lustig.

DIE JUNGE FRAU. Wieso denn? Komm, gib mir dein süßes Kopferl.

DER JUNGE HERR. Ach, das tut wohl.

DIE JUNGE FRAU. Hast du mich lieb?

DER JUNGE HERR. Oh, ich bin ja so glücklich.

DIE JUNGE FRAU. Aber du brauchst nicht auch noch zu weinen.

DER JUNGE HERR (*sich von ihr entfernend, höchst irritiert).* Wieder, wieder. Ich hab dich ja so gebeten …

DIE JUNGE FRAU. Wenn ich dir sage, dass du nicht weinen sollst …

DER JUNGE HERR. Du hast gesagt: A u c h noch zu weinen.

DIE JUNGE FRAU. Du bist nervös, mein Schatz.

DER JUNGE HERR. Das weiß ich.

DIE JUNGE FRAU. Aber du sollst es nicht sein. Es ist mir sogar lieb, dass es … dass wir sozusagen als gute Kameraden …

DER JUNGE HERR. Schon wieder fangst du an.

DIE JUNGE FRAU. Erinnerst du dich denn nicht! Das war eines unserer ersten Gespräche. Gute Kameraden haben wir sein wollen; nichts weiter. Oh, das war schön … das war bei meiner Schwester, im Jänner auf dem großen Ball, während der Quadrille … Um Gottes willen, ich sollte ja längst fort sein … meine Schwester erwartet mich ja – was werd ich ihr denn sagen … Adieu, Alfred –

DER JUNGE HERR. Emma –! So willst du mich verlassen!

DIE JUNGE FRAU. Ja – so! –

DER JUNGE HERR. Noch fünf Minuten …

DIE JUNGE FRAU. Gut. Noch fünf Minuten. Aber du musst mir versprechen … dich nicht zu rühren? … Ja? … Ich will dir noch einen Kuss zum Abschied geben … Pst … ruhig … nicht rühren, hab ich gesagt, sonst steh ich gleich auf, du mein süßer … süßer …

DER JUNGE HERR. Emma … meine ange …

––– ––– ––– ––– ––– ––– ––– ––– ––– ––– –––

DIE JUNGE FRAU. Mein Alfred –

DER JUNGE HERR. Ah, bei dir ist der Himmel.

DIE JUNGE FRAU. Aber jetzt muss ich wirklich fort.

DER JUNGE HERR. Ach, lass deine Schwester warten.

DIE JUNGE FRAU. Nach Haus muss ich. Für meine Schwester ist's längst zu spät. Wie viel Uhr ist es denn eigentlich?

DER JUNGE HERR. Ja, wie soll ich das eruieren?

DIE JUNGE FRAU. Du musst eben auf die Uhr sehen.

DER JUNGE HERR. Meine Uhr ist in meinem Gilet.

DIE JUNGE FRAU. So hol sie.

DER JUNGE HERR (*steht mit einem mächtigen Ruck auf*). Acht.

DIE JUNGE FRAU (*erhebt sich rasch*). Um Gottes willen … Rasch, Alfred, gib mir meine Strümpfe. Was soll ich denn nur sagen? Zu Hause wird man sicher schon auf mich warten … acht Uhr …

DER JUNGE HERR. Wann seh ich dich denn wieder?

DIE JUNGE FRAU. Nie.

DER JUNGE HERR. Emma! Hast du mich denn nicht mehr lieb?

DIE JUNGE FRAU. Eben darum. Gib mir meine Schuhe.

DER JUNGE HERR. Niemals wieder? Hier sind die Schuhe.

DIE JUNGE FRAU. In meinem Sack ist ein Schuhknöpfler. Ich bitt dich, rasch …

DER JUNGE HERR. Hier ist der Knöpfler.

DIE JUNGE FRAU. Alfred, das kann uns beide den Hals kosten.

DER JUNGE HERR (*höchst unangenehm berührt*). Wieso?

DIE JUNGE FRAU. Ja, was soll ich denn sagen, wenn er mich fragt: Woher kommst du?

DER JUNGE HERR. Von der Schwester.

DIE JUNGE FRAU. Ja, wenn ich lügen könnte.

DER JUNGE HERR. Na, du musst es eben tun.

DIE JUNGE FRAU. Alles für so einen Menschen. Ach, komm her … lass dich noch einmal küssen. (*Sie umarmt ihn.*) – Und jetzt – – lass mich allein, geh ins andere Zimmer. Ich kann mich nicht anziehen, wenn du dabei bist.

DER JUNGE HERR (*geht in den Salon, wo er sich ankleidet. Er isst etwas von der Bäckerei, trinkt ein Glas Cognac*).

DIE JUNGE FRAU (*ruft nach einer Weile*). Alfred!

DER JUNGE HERR. Mein Schatz.

DIE JUNGE FRAU. Es ist doch besser, dass wir nicht geweint haben.

DER JUNGE HERR (*nicht ohne Stolz lächelnd*). Wie kann man so frivol reden? –

DIE JUNGE FRAU. Wie wird das jetzt nur sein – wenn wir uns zufällig wieder einmal in Gesellschaft begegnen?

DER JUNGE HERR. Zufällig – einmal ... Du bist ja morgen sicher auch bei Lobheimers?

DIE JUNGE FRAU. Ja. Du auch?

DER JUNGE HERR. Freilich. Darf ich dich um den Kotillon bitten?

DIE JUNGE FRAU. Oh, ich werde nicht hinkommen. Was glaubst du denn? – Ich würde ja ... (*Sie tritt völlig angekleidet in den Salon, nimmt eine Schokoladebäckerei.*) in die Erde sinken.

DER JUNGE HERR. Also morgen bei Lobheimer, das ist schön.

DIE JUNGE FRAU. Nein, nein ... ich sage ab; bestimmt –

DER JUNGE HERR. Also übermorgen ... hier.

DIE JUNGE FRAU. Was fällt dir ein?

DER JUNGE HERR. Um sechs ...

DIE JUNGE FRAU. Hier an der Ecke stehen Wagen, nicht wahr? –

DER JUNGE HERR. Ja, so viel du willst. Also übermorgen hier um sechs. So sag doch ja, mein geliebter Schatz.

DIE JUNGE FRAU. ... Das besprechen wir morgen beim Kotillon.

DER JUNGE HERR (*umarmt sie*). Mein Engel.

DIE JUNGE FRAU. Nicht wieder meine Frisur ruinieren.

DER JUNGE HERR. Also morgen bei Lobheimers und übermorgen in meinen Armen.

DIE JUNGE FRAU. Leb wohl ...

DER JUNGE HERR (*plötzlich wieder besorgt*). Und was wirst du – *ihm* heut sagen? –

DIE JUNGE FRAU. Frag nicht ... frag nicht ... es ist zu schrecklich. – Warum hab ich dich so lieb! – Adieu. – Wenn ich wieder Menschen auf der Stiege begegne, trifft mich der Schlag. – Pah! –

DER JUNGE HERR (*küsst ihr noch einmal die Hand*).

DIE JUNGE FRAU (*geht*).

DER JUNGE HERR (*bleibt allein zurück. Dann setzt er sich auf den Diwan. Er lächelt vor sich hin und sagt zu sich selbst*). Also jetzt hab ich ein Verhältnis mit einer anständigen Frau.

DIE JUNGE FRAU UND DER EHEMANN

Ein behagliches Schlafgemach.
Es ist halb elf Uhr nachts. Die Frau liegt zu Bette und liest. Der Gatte tritt eben, im Schlafrock, ins Zimmer.

DIE JUNGE FRAU (*ohne aufzuschauen*). Du arbeitest nicht mehr?

DER GATTE. Nein. Ich bin zu müde. Und außerdem …

DIE JUNGE FRAU. Nun? –

DER GATTE. Ich hab mich an meinem Schreibtisch plötzlich so einsam gefühlt. Ich habe Sehnsucht nach dir bekommen.

DIE JUNGE FRAU (*schaut auf*). Wirklich?

DER GATTE (*setzt sich zu ihr aufs Bett*). Lies heute nicht mehr. Du wirst dir die Augen verderben.

DIE JUNGE FRAU (*schlägt das Buch zu*). Was hast du denn?

DER GATTE. Nichts, mein Kind. Verliebt bin ich in dich! Das weißt du ja!

DIE JUNGE FRAU. Man könnte es manchmal fast vergessen.

DER GATTE. Man m u s s es sogar manchmal vergessen.

DIE JUNGE FRAU. Warum?

DER GATTE. Weil die Ehe sonst etwas Unvollkommenes wäre. Sie würde … wie soll ich nur sagen … sie würde ihre Heiligkeit verlieren.

DIE JUNGE FRAU. Oh …

DER GATTE. Glaube mir – es ist so … Hätten wir in den fünf Jahren, die wir jetzt miteinander verheiratet sind, nicht manchmal vergessen, dass wir ineinander verliebt sind – wir wären es wohl gar nicht mehr.

DIE JUNGE FRAU. Das ist mir zu hoch.

DER GATTE. Die Sache ist einfach die: Wir haben vielleicht schon zehn oder zwölf Liebschaften miteinander gehabt … Kommt es dir nicht auch so vor?

DIE JUNGE FRAU. Ich hab nicht gezählt!

DER GATTE. Hätten wir gleich die erste bis zum Ende durchgekostet, hätte ich mich von Anfang an meiner Leidenschaft für dich willenlos hingegeben, es wäre uns gegangen wie den Millionen von anderen Liebespaaren. Wir wären fertig miteinander.

DIE JUNGE FRAU. Ah … so meinst du das?

DER GATTE. Glaube mir – Emma – in den ersten Tagen unserer Ehe hatte ich Angst, dass es so kommen würde.

DIE JUNGE FRAU. Ich auch.

DER GATTE. Siehst du? Hab ich nicht recht gehabt? Darum ist es gut, immer wieder für einige Zeit nur in guter Freundschaft miteinander hinzuleben.

DIE JUNGE FRAU. Ach so.

DER GATTE. Und so kommt es, dass wir immer wieder neue Flitterwochen miteinander durchleben können, da ich es nie drauf ankommen lasse, die Flitterwochen …

DIE JUNGE FRAU. Zu Monaten auszudehnen.

DER GATTE. Richtig.

DIE JUNGE FRAU. Und jetzt … scheint also wieder eine Freundschaftsperiode abgelaufen zu sein –?

DER GATTE (*sie zärtlich an sich drückend).* Es dürfte so sein.

DIE JUNGE FRAU. Wenn es aber … bei mir anders wäre.

DER GATTE. Es ist bei dir nicht anders. Du bist ja das klügste und entzückendste Wesen, das es gibt. Ich bin sehr glücklich, dass ich dich gefunden habe.

DIE JUNGE FRAU. Das ist aber nett, wie du den Hof machen kannst – von Zeit zu Zeit.

DER GATTE (*hat sich auch zu Bett begeben).* Für einen Mann, der sich ein bisschen in der Welt umgesehen hat – geh, leg den Kopf an meine Schulter –, der sich in der Welt umgesehen hat, bedeutet die Ehe eigentlich etwas viel Geheimnisvolleres als für euch junge Mädchen aus guter Familie. Ihr tretet uns rein und … wenigstens bis zu einem gewissen Grad unwissend entgegen, und darum habt ihr eigentlich einen viel klareren Blick für das Wesen der Liebe als wir.

DIE JUNGE FRAU (*lachend).* Oh!

DER GATTE. Gewiss. Denn wir sind ganz verwirrt und unsicher geworden durch die vielfachen Erlebnisse, die wir notgedrungen vor der Ehe durchzumachen haben. Ihr hört ja viel und wisst zu viel und lest ja wohl eigentlich auch zu viel, aber einen rechten Begriff von dem, was wir Männer in der Tat erleben, habt ihr ja doch nicht. Uns wird das, was man so gemeinhin die Liebe nennt, recht gründlich widerwärtig gemacht; denn was sind das schließlich für Geschöpfe, auf die wir angewiesen sind!

DIE JUNGE FRAU. Ja, was sind das für Geschöpfe?

DER GATTE (*küsst sie auf die Stirn).* Sei froh, mein Kind, dass du nie einen Einblick in diese Verhältnisse erhalten hast. Es sind übrigens meist recht bedauernswerte Wesen – werfen wir keinen Stein auf sie.

DIE JUNGE FRAU. Bitt dich – dieses Mitleid – Das kommt mir da gar nicht recht angebracht vor.

DER GATTE (*mit schöner Milde).* Sie verdienen es. Ihr, die ihr junge Mädchen aus guter Familie wart, die ruhig unter Obhut euerer Eltern auf den Ehrenmann warten konntet, der euch zur Ehe begehrt; – ihr kennt ja das Elend nicht, das die meisten von diesen armen Geschöpfen der Sünde in die Arme treibt.

DIE JUNGE FRAU. So verkaufen sich denn alle?

DER GATTE. Das möchte ich nicht sagen. Ich mein ja auch nicht nur das materielle Elend. Aber es gibt auch – ich möchte sagen – ein sittliches Elend; eine mangelhafte Auffassung für das, was erlaubt, und insbesondere für das, was edel ist.

DIE JUNGE FRAU. Aber warum sind die zu bedauern? – Denen geht's ja ganz gut?

DER GATTE. Du hast sonderbare Ansichten, mein Kind. Du darfst nicht vergessen, dass solche Wesen von Natur aus bestimmt sind, immer tiefer und tiefer zu fallen. Da gibt es kein Aufhalten.

DIE JUNGE FRAU (*sich an ihn schmiegend*). Offenbar fällt es sich ganz angenehm.

DER GATTE (*peinlich berührt*). Wie kannst du so reden, Emma. Ich denke doch, dass es gerade für euch, anständige Frauen, nichts Widerwärtigeres geben kann als alle diejenigen, die es nicht sind.

DIE JUNGE FRAU. Freilich, Karl, freilich. Ich hab's ja auch nur so gesagt. Geh, erzähl weiter. Es ist so nett, wenn du so red'st. Erzähl mir was.

DER GATTE. Was denn? –

DIE JUNGE FRAU. Nun – von diesen Geschöpfen.

DER GATTE. Was fällt dir denn ein?

DIE JUNGE FRAU. Schau, ich hab dich schon früher, weißt du, ganz am Anfang hab ich dich immer gebeten, du sollst mir aus deiner Jugend was erzählen.

DER GATTE. Warum interessiert dich denn das?

DIE JUNGE FRAU. Bist du denn nicht mein Mann? Und ist das nicht geradezu eine Ungerechtigkeit, dass ich von deiner Vergangenheit eigentlich gar nichts weiß? –

DER GATTE. Du wirst mich doch nicht für so geschmacklos halten, dass ich – Genug, Emma ... das ist ja wie eine Entweihung.

DIE JUNGE FRAU. Und doch hast du ... wer weiß wie viel andere Frauen gerade so in den Armen gehalten wie jetzt mich.

DER GATTE. Sag doch nicht „Frauen". Frau bist du.

DIE JUNGE FRAU. Aber eine Frage musst du mir beantworten ... sonst ... sonst ... ist's nichts mit den Flitterwochen.

DER GATTE. Du hast eine Art zu reden ... denk doch, dass du Mutter bist ... dass unser Mäderl da drin liegt ...

DIE JUNGE FRAU (*an ihn sich schmiegend).* Aber ich möcht auch einen Buben.

DER GATTE. Emma!

DIE JUNGE FRAU. Geh, sei nicht so … freilich bin ich deine Frau … aber ich möchte auch ein bissel … deine Geliebte sein.

DER GATTE. Möchtest du? …

DIE JUNGE FRAU. Also – zuerst meine Frage.

DER GATTE (*gefügig).* Nun?

DIE JUNGE FRAU. War … eine verheiratete Frau – unter ihnen?

DER GATTE. Wieso? – Wie meinst du das?

DIE JUNGE FRAU. Du weißt schon.

DER GATTE (*leicht beunruhigt).* Wie kommst du auf diese Frage?

DIE JUNGE FRAU. Ich möchte wissen, ob es … das heißt – es gibt solche Frauen … das weiß ich. Aber ob du …

DER GATTE (*ernst).* Kennst du eine solche Frau?

DIE JUNGE FRAU. Ja, ich weiß das selber nicht.

DER GATTE. Ist unter deinen Freundinnen vielleicht eine solche Frau?

DIE JUNGE FRAU. Ja, wie kann ich das mit Bestimmtheit behaupten – oder verneinen?

DER GATTE. Hat dir vielleicht einmal eine deiner Freundinnen … Man spricht über gar manches, wenn man so – die Frauen unter sich – hat dir eine gestanden –?

DIE JUNGE FRAU (*unsicher).* Nein.

DER GATTE. Hast du bei irgendeiner deiner Freundinnen den Verdacht, dass sie …

DIE JUNGE FRAU. Verdacht … oh … Verdacht.

DER GATTE. Es scheint.

DIE JUNGE FRAU. Gewiss nicht, Karl, sicher nicht. Wenn ich mir's so überlege – ich trau es doch keiner zu.

DER GATTE. Keiner?

DIE JUNGE FRAU. Von meinen Freundinnen keiner.

DER GATTE. Versprich mir etwas, Emma.

DIE JUNGE FRAU. Nun.

DER GATTE. Dass du nie mit einer Frau verkehren wirst, bei der du auch den leisesten Verdacht hast, dass sie … kein ganz tadelloses Leben führt.

DIE JUNGE FRAU. Das muss ich dir erst versprechen?

DER GATTE. Ich weiß ja, dass du den Verkehr mit solchen Frauen nicht suchen wirst. Aber der Zufall könnte es fügen, dass du … Ja, es ist sogar sehr häufig, dass gerade solche Frauen, deren Ruf nicht der beste ist, die Gesellschaft von anständigen

Frauen suchen, teils um sich ein Relief zu geben, teils aus einem gewissen ... wie soll ich sagen ... aus einem gewissen Heimweh nach der Tugend.

DIE JUNGE FRAU. So.

DER GATTE. Ja. Ich glaube, dass das sehr richtig ist, was ich da gesagt habe. Heimweh nach der Tugend. Denn dass diese Frauen alle eigentlich sehr unglücklich sind, das kannst du mir glauben.

DIE JUNGE FRAU. Warum?

DER GATTE. Du fragst, Emma? – Wie kannst du denn nur fragen? – Stell dir doch vor, was diese Frauen für eine Existenz führen! Voll Lüge, Tücke, Gemeinheit und voll Gefahren.

DIE JUNGE FRAU. Ja freilich. Da hast du schon recht.

DER GATTE. Wahrhaftig – sie bezahlen das bisschen Glück ... das bisschen ...

DIE JUNGE FRAU. Vergnügen.

DER GATTE. Warum Vergnügen? Wie kommst du darauf, das Vergnügen zu nennen?

DIE JUNGE FRAU. Nun – etwas muss es doch sein –! Sonst täten sie's ja nicht.

DER GATTE. Nichts ist es   ein Rausch.

DIE JUNGE FRAU (*nachdenklich*). Ein Rausch.

DER GATTE. Nein, es ist nicht einmal ein Rausch. Wie immer – teuer bezahlt, das ist gewiss!

DIE JUNGE FRAU. Also ... du hast das einmal mitgemacht – nicht wahr?

DER GATTE. Ja, Emma. – Es ist meine traurigste Erinnerung.

DIE JUNGE FRAU. Wer ist's? Sag! Kenn ich sie?

DER GATTE. Was fällt dir denn ein?

DIE JUNGE FRAU. Ist's lange her? War es sehr lang, bevor du mich geheiratet hast?

DER GATTE. Frag nicht. Ich bitt dich, frag nicht.

DIE JUNGE FRAU. Aber Karl!

DER GATTE. Sie ist tot.

DIE JUNGE FRAU. Im Ernst?

DER GATTE. Ja ... es klingt fast lächerlich, aber ich habe die Empfindung, dass alle diese Frauen jung sterben.

DIE JUNGE FRAU. Hast du sie sehr geliebt?

DER GATTE. Lügnerinnen liebt man nicht.

DIE JUNGE FRAU. Also warum ...

DER GATTE. Ein Rausch ...

DIE JUNGE FRAU. Also doch?

DER GATTE. Sprich nicht mehr davon, ich bitt dich. Alles das ist lang vorbei. Geliebt hab ich nur eine – das bist du. Man liebt nur, wo Reinheit und Wahrheit ist.

DIE JUNGE FRAU. Karl!

DER GATTE. Oh, wie sicher, wie wohl fühlt man sich in solchen Armen. Warum hab ich dich nicht schon als Kind gekannt? Ich glaube, dann hätt ich andere Frauen überhaupt nicht angesehen.

DIE JUNGE FRAU. Karl!

DER GATTE. Und schön bist du! … Schön! … O komm … (*Er löscht das Licht aus*).

– –

DIE JUNGE FRAU. Weißt du, woran ich heute denken muss?

DER GATTE. Woran, mein Schatz?

DIE JUNGE FRAU. An … an … an Venedig.

DER GATTE. Die erste Nacht …

DIE JUNGE FRAU. Ja … so …

DER GATTE. Was denn –? So sag's doch!

DIE JUNGE FRAU. So lieb hast du mich heut.

DER GATTE. Ja, so lieb.

DIE JUNGE FRAU. Ah … Wenn du immer …

DER GATTE (*in ihren Armen*). Wie?

DIE JUNGE FRAU. Mein Karl!

DER GATTE. Was meintest du? Wenn ich immer …

DIE JUNGE FRAU. Nun ja.

DER GATTE. Nun, was wär denn, wenn ich immer …?

DIE JUNGE FRAU. Dann wüsst ich eben immer, dass du mich lieb hast.

DER GATTE. Ja. Du musst es aber auch so wissen. Man ist nicht immer der liebende Mann, man muss auch zuweilen hinaus ins feindliche Leben, muss kämpfen und streben! Das vergiss nie, mein Kind! Alles hat seine Zeit in der Ehe – das ist eben das Schöne. Es gibt nicht viele, die sich noch nach fünf Jahren an – ihr Venedig erinnern.

DIE JUNGE FRAU. Freilich!

DER GATTE. Und jetzt … gute Nacht, mein Kind.

DIE JUNGE FRAU. Gute Nacht!

DER GATTE UND DAS SÜSSE MÄDEL

Ein Cabinetparticulier im Riedhof. Behagliche, mäßige Eleganz. Der Gasofen brennt. –
Der Gatte. Das süße Mädel.
Auf dem Tisch sind die Reste einer Mahlzeit zu sehen; Oberschaumbaisers, Obst, Käse. In den Weingläsern ein ungarischer weißer Wein.

DER GATTE (*raucht eine Havannazigarre, er lehnt in der Ecke des Diwans*).

DAS SÜSSE MÄDEL (*sitzt neben ihm auf dem Sessel und löffelt aus einem Baiser den Oberschaum heraus, den sie mit Behagen schlürft*).

DER GATTE. Schmeckt's?

DAS SÜSSE MÄDEL (*lässt sich nicht stören*). Oh!

DER GATTE. Willst du noch eins?

DAS SÜSSE MÄDEL. Nein, ich hab so schon zu viel gegessen.

DER GATTE. Du hast keinen Wein mehr. (*Er schenkt ein.*)

DAS SÜSSE MÄDEL. Nein ... aber schaun S', ich lass ihn ja eh stehen.

DER GATTE. Schon wieder sagst du Sie.

DAS SÜSSE MÄDEL. So? – Ja wissen S', man gewöhnt sich halt so schwer.

DER GATTE. Weißt du.

DAS SÜSSE MÄDEL. Was denn?

DER GATTE. Weißt du, sollst du sagen; nicht wissen S'. Komm, setz dich zu mir.

DAS SÜSSE MÄDEL. Gleich ... bin noch nicht fertig.

DER GATTE (*steht auf, stellt sich hinter den Sessel und umarmt das süße Mädel, indem er ihren Kopf zu sich wendet*).

DAS SÜSSE MÄDEL. Na, was ist denn?

DER GATTE. Einen Kuss möcht ich haben.

DAS SÜSSE MÄDEL (*gibt ihm einen Kuss*). Sie sind ... o pardon, du bist ein kecker Mensch.

DER GATTE. Jetzt fällt dir das ein?

DAS SÜSSE MÄDEL. Ah nein, eingefallen ist es mir schon früher ... schon auf der Gassen. – Sie müssen –

DER GATTE. Du musst.

DAS SÜSSE MÄDEL. Du musst dir eigentlich was Schönes von mir denken.

DER GATTE. Warum denn?

DAS SÜSSE MÄDEL. Dass ich gleich so mit Ihnen ins Chambre séparée gegangen bin.

DER GATTE. Na, gleich kann man doch nicht sagen.
DAS SÜSSE MÄDEL. Aber Sie können halt so schön bitten.
DER GATTE. Findest du?
DAS SÜSSE MÄDEL. Und schließlich, was ist denn dabei?
DER GATTE. Freilich.
DAS SÜSSE MÄDEL. Ob man spazieren geht oder –
DER GATTE. Zum Spazierengehen ist es auch viel zu kalt.
DAS SÜSSE MÄDEL. Natürlich ist es zu kalt gewesen.
DER GATTE. Aber da ist es angenehm warm; was? (*Er hat sich wieder niedergesetzt, umschlingt das süße Mädel und zieht sie an seine Seite.*)
DAS SÜSSE MÄDEL (*schwach*). Na.
DER GATTE. Jetzt sag einmal ... Du hast mich schon früher bemerkt gchabt, was?
DAS SÜSSE MÄDEL. Natürlich. Schon in der Singerstraßen.
DER GATTE. Nicht heut, mein ich. Auch vorgestern und vorvorgestern, wie ich dir nachgegangen bin.
DAS SÜSSE MÄDEL. Mir gehn gar viele nach.
DER GATTE. Das kann ich mir denken. Aber ob du mich bemerkt hast.
DAS SÜSSE MÄDEL. Wissen S' ... ah ... weißt, was mir neulich passiert ist? Da ist mir der Mann von meiner Cousine nachg'stiegen in der Dunkeln und hat mich nicht 'kennt.
DER GATTE. Hat er dich angesprochen?
DAS SÜSSE MÄDEL. Aber was glaubst denn? Meinst, es ist jeder so keck wie du?
DER GATTE. Aber es kommt doch vor.
DAS SÜSSE MÄDEL. Natürlich kommt's vor.
DER GATTE. Na, was machst du da?
DAS SÜSSE MÄDEL. Na, nichts – Keine Antwort geb ich halt.
DER GATTE. Hm ... mir hast du aber eine Antwort gegeben.
DAS SÜSSE MÄDEL. Na, sind S' vielleicht bös?
DER GATTE (*küsst sie heftig*). Deine Lippen schmecken nach dem Obersschaum.
DAS SÜSSE MÄDEL. Oh, die sind von Natur aus süß.
DER GATTE. Das haben dir schon viele gesagt?
DAS SÜSSE MÄDEL. Viele!! Was du dir wieder einbildest!
DER GATTE. Na, sei einmal ehrlich. Wie viele haben den Mund da schon geküsst?
DAS SÜSSE MÄDEL. Was fragst mich denn? Du möcht'st mir's ja doch nicht glauben, wenn ich dir's sag!
DER GATTE. Warum denn nicht?
DAS SÜSSE MÄDEL. Rat einmal.

DER GATTE. Na, sagen wir – aber du darfst nicht bös sein?

DAS SÜSSE MÄDEL. Warum sollt ich denn bös sein?

DER GATTE. Also ich schätze ... zwanzig.

DAS SÜSSE MÄDEL (*sich von ihm losmachend*). Na – warum nicht gleich hundert?

DER GATTE. Ja, ich hab eben geraten.

DAS SÜSSE MÄDEL. Da hast du aber nicht gut geraten.

DER GATTE. Also zehn.

DAS SÜSSE MÄDEL (*beleidigt*). Freilich. Eine, die sich auf der Gassen anreden lässt und gleich mitgeht ins Chambre séparée!

DER GATTE. Sei doch nicht so kindisch. Ob man auf der Straßen herumläuft oder in einem Zimmer sitzt ... Wir sind doch da in einem Gasthaus. Jeden Moment kann der Kellner hereinkommen – da ist doch wirklich gar nichts dran ...

DAS SÜSSE MÄDEL. Das hab ich mir eben auch gedacht.

DER GATTE. Warst du schon einmal in einem Chambre séparée?

DAS SÜSSE MÄDEL. Also, wenn ich die Wahrheit sagen soll: ja.

DER GATTE. Siehst du, das g'fallt mir, dass du doch wenigstens aufrichtig bist.

DAS SÜSSE MÄDEL. Aber nicht so – wie du dir's wieder denkst. Mit einer Freundin und ihrem Bräutigam bin ich im Chambre séparée gewesen, heuer im Fasching einmal.

DER GATTE. Es wär ja auch kein Malheur, wenn du einmal – mit deinem Geliebten –

DAS SÜSSE MÄDEL. Natürlich wär's kein Malheur. Aber ich hab kein' Geliebten.

DER GATTE. Na geh.

DAS SÜSSE MÄDEL. Meiner Seel, ich hab keinen.

DER GATTE. Aber du wirst mir doch nicht einreden wollen, dass ich ...

DAS SÜSSE MÄDEL. Was denn? ... Ich hab halt keinen – schon seit mehr als einem halben Jahr.

DER GATTE. Ah so ... Aber vorher? Wer war's denn?

DAS SÜSSE MÄDEL. Was sind S' denn gar so neugierig?

DER GATTE. Ich bin neugierig, weil ich dich lieb hab.

DAS SÜSSE MÄDEL. Is wahr?

DER GATTE. Freilich. Das musst du doch merken. Erzähl mir also. (*Drückt sie fest an sich.*)

DAS SÜSSE MÄDEL. Was soll ich dir denn erzählen?

DER GATTE. So lass dich doch nicht so lang bitten. Wer's gewesen ist, möcht ich wissen.

DAS SÜSSE MÄDEL (*lachend*). Na ein Mann halt.

DER GATTE. Also – also – wer war's?

DAS SÜSSE MÄDEL. Ein bissel ähnlich hat er dir gesehen.
DER GATTE. So.
DAS SÜSSE MÄDEL. Wenn du ihm nicht so ähnlich schauen tät'st –
DER GATTE. Was wär dann?
DAS SÜSSE MÄDEL. Na also frag nicht, wennst schon siehst, dass …
DER GATTE (*versteht*). Also darum hast du dich von mir anreden lassen.
DAS SÜSSE MÄDEL. Na also ja.
DER GATTE. Jetzt weiß ich wirklich nicht, soll ich mich freuen oder soll ich mich ärgern.
DAS SÜSSE MÄDEL. Na, ich an deiner Stell tät mich freuen.
DER GATTE. Naja.
DAS SÜSSE MÄDEL. Und auch im Reden erinnerst du mich so an ihn … und wie du einen anschaust …
DER GATTE. Was ist er denn gewesen?
DAS SÜSSE MÄDEL. Nein, die Augen –
DER GATTE. Wie hat er denn geheißen?
DAS SÜSSE MÄDEL. Nein, schau mich nicht so an, ich bitt dich.
DER GATTE (*umfängt sie. Langer, heißer Kuss*).
DAS SÜSSE MÄDEL (*schüttelt sich, will aufstehen*).
DER GATTE. Warum gehst du fort von mir?
DAS SÜSSE MÄDEL. Es wird Zeit zum z' Haus Gehn.
DER GATTE. Später.
DAS SÜSSE MÄDEL. Nein, ich muss wirklich schon z' Haus gehen. Was glaubst denn, was die Mutter sagen wird.
DER GATTE. Du wohnst bei deiner Mutter?
DAS SÜSSE MÄDEL. Natürlich wohn ich bei meiner Mutter. Was hast denn geglaubt?
DER GATTE. So – bei der Mutter. Wohnst du allein mit ihr?
DAS SÜSSE MÄDEL. Ja freilich allein! Fünf sind wir! Zwei Buben und noch zwei Mädeln.
DER GATTE. So setz dich doch nicht so weit fort von mir. Bist du die Älteste?
DAS SÜSSE MÄDEL. Nein, ich bin die Zweite. Zuerst kommt die Kathi; die ist im G'schäft, in einer Blumenhandlung, dann komm ich.
DER GATTE. Wo bist du?
DAS SÜSSE MÄDEL. Na, ich bin z' Haus.
DER GATTE. Immer?
DAS SÜSSE MÄDEL. Es muss doch eine z' Haus sein.
DER GATTE. Freilich. Ja – und was sagst du denn eigentlich deiner Mutter, wenn du – so spät nach Haus kommst?

DAS SÜSSE MÄDEL. Das ist ja so eine Seltenheit.

DER GATTE. Also heut zum Beispiel. Deine Mutter fragt dich doch?

DAS SÜSSE MÄDEL. Natürlich fragt s' mich. Da kann ich Obacht geben, so viel ich will – wenn ich nach Haus komm, wacht s' auf.

DER GATTE. Also was sagst du ihr da?

DAS SÜSSE MÄDEL. Na, im Theater werd ich halt gewesen sein.

DER GATTE. Und glaubt sie das?

DAS SÜSSE MÄDEL. Na, warum soll s' mir denn nicht glauben? Ich geh ja oft ins Theater. Erst am Sonntag war ich in der Oper mit meiner Freundin und ihrem Bräutigam und mein' älter'n Bruder.

DER GATTE. Woher habt ihr denn da die Karten?

DAS SÜSSE MÄDEL. Aber, mein Bruder ist ja Friseur.

DER GATTE. Ja, die Friseure … ah, wahrscheinlich Theaterfriseur.

DAS SÜSSE MÄDEL. Was fragst mich denn so aus?

DER GATTE. Es interessiert mich halt. Und was ist denn der andere Bruder?

DAS SÜSSE MÄDEL. Der geht noch in die Schul. Der will ein Lehrer werden. Nein … so was!

DER GATTE. Und dann hast du noch eine kleine Schwester?

DAS SÜSSE MÄDEL. Ja, die ist noch ein Fratz, aber auf die muss man schon heut so aufpassen. Hast du denn eine Idee, wie die Mädeln in der Schule verdorben werden! Was glaubst! Neulich hab ich sie bei einem Rendezvous erwischt.

DER GATTE. Was?

DAS SÜSSE MÄDEL. Ja! Mit einem Buben von der Schul vis-à-vis ist sie abends um halber acht in der Strozzigasse spazieren gegangen. So ein Fratz!

DER GATTE. Und, was hast du da gemacht?

DAS SÜSSE MÄDEL. Na, Schläg' hat s' kriegt!

DER GATTE. So streng bist du?

DAS SÜSSE MÄDEL. Na, wer soll's denn sein? Die Ältere ist im G'schäft, die Mutter tut nichts als raunzen; – kommt immer alles auf mich.

DER GATTE. Herrgott, bist du lieb! (*Küsst sie und wird zärtlicher.*) Du erinnerst mich auch an wen.

DAS SÜSSE MÄDEL. So – an wen denn?

DER GATTE. An keine bestimmte … an die Zeit … na, halt an meine Jugend. Geh, trink, mein Kind!

DAS SÜSSE MÄDEL. Ja, wie alt bist du denn? … Du … ja … ich weiß ja nicht einmal, wie du heißt.

DER GATTE. Karl.

DAS SÜSSE MÄDEL. Ist's möglich! Karl heißt du?

DER GATTE. Er hat auch Karl geheißen?

DAS SÜSSE MÄDEL. Nein, das ist aber schon das reine Wunder … das ist ja – nein, die Augen … Das G'schau … (*Schüttelt den Kopf.*)

DER GATTE. Und wer er war – hast du mir noch immer nicht gesagt.

DAS SÜSSE MÄDEL. Ein schlechter Mensch ist er gewesen – das ist g'wiss, sonst hätt er mich nicht sitzen lassen.

DER GATTE. Hast ihn sehr gern g'habt?

DAS SÜSSE MÄDEL. Freilich hab ich ihn gern g'habt!

DER GATTE. Ich weiß, was er war, Leutnant.

DAS SÜSSE MÄDEL. Nein, bei Militär war er nicht. Sie haben ihn nicht genommen. Sein Vater hat ein Haus in der … aber was brauchst du das zu wissen?

DER GATTE (*küsst sie*). Du hast eigentlich graue Augen, anfangs hab ich gemeint, sie sind schwarz.

DAS SÜSSE MÄDEL. Na sind s' dir vielleicht nicht schön genug?

DER GATTE (*küsst ihre Augen*).

DAS SÜSSE MÄDEL. Nein, nein – das vertrag ich schon gar nicht … o bitt dich – o Gott … nein, lass mich aufstehn … nur für einen Moment … bitt dich.

DER GATTE (*immer zärtlicher*). O nein.

DAS SÜSSE MÄDEL. Aber ich bitt dich, Karl …

DER GATTE. Wie alt bist du? Achtzehn, was?

DAS SÜSSE MÄDEL. Neunzehn vorbei.

DER GATTE. Neunzehn … und ich –

DAS SÜSSE MÄDEL. Du bist dreißig …

DER GATTE. Und einige drüber. – Reden wir nicht davon.

DAS SÜSSE MÄDEL. Er war auch schon zweiunddreißig, wie ich ihn kennengelernt hab.

DER GATTE. Wie lang ist das her?

DAS SÜSSE MÄDEL. Ich weiß nimmer … Du, in dem Wein muss was drin gewesen sein.

DER GATTE. Ja, warum denn?

DAS SÜSSE MÄDEL. Ich bin ganz … weißt – mir dreht sich alles.

DER GATTE. So halt dich fest an mich. So … (*Er drückt sie an sich und wird immer zärtlicher, sie wehrt kaum ab.*) Ich werd dir was sagen, mein Schatz, wir könnten jetzt wirklich gehn.

DAS SÜSSE MÄDEL. Ja … nach Haus.

DER GATTE. Nicht grad nach Haus …

DAS SÜSSE MÄDEL. Was meinst denn? … O nein, o nein … ich geh nirgends hin, was fällt dir denn ein –

DER GATTE. Also hör mich nur an, mein Kind, das nächste Mal, wenn wir uns treffen, weißt du, da richten wir uns das so ein, dass … (*Er ist zu Boden gesunken, hat seinen Kopf in ihrem Schoß.*) Das ist angenehm, oh, das ist angenehm.

DAS SÜSSE MÄDEL. Was machst denn? (*Sie küsst seine Haare.*) … Du, in dem Wein m u s s was drin gewesen sein – so schläfrig … du, was g'schieht denn, wenn ich nimmer aufstehn kann? Aber, aber, schau, aber Karl … und wenn wer hereinkommt … ich bitt dich … der Kellner.

DER GATTE. Da … kommt sein Lebtag … kein Kellner … herein …

––– ––– ––– ––– ––– ––– ––– ––– ––– ––– –––

DAS SÜSSE MÄDEL (*lehnt mit geschlossenen Augen in der Diwanecke*).

DER GATTE (*geht in dem kleinen Raum auf und ab, nachdem er sich eine Zigarette angezündet*).

Längeres Schweigen.

DER GATTE (*betrachtet das süße Mädel lange, für sich*). Wer weiß, was das eigentlich für eine Person ist – Donnerwetter … So schnell … War nicht sehr vorsichtig von mir … Hm …

DAS SÜSSE MÄDEL (*ohne die Augen zu öffnen*). In dem Wein muss was drin gewesen sein.

DER GATTE. Ja, warum denn?

DAS SÜSSE MÄDEL. Sonst …

DER GATTE. Warum schiebst du denn alles auf den Wein? …

DAS SÜSSE MÄDEL. Wo bist denn? Warum bist denn so weit? Komm doch zu mir.

DER GATTE (*zu ihr hin, setzt sich*).

DAS SÜSSE MÄDEL. Jetzt sag mir, ob du mich wirklich gern hast.

DER GATTE. Das weißt du doch … (*Er unterbricht sich rasch.*) Freilich.

DAS SÜSSE MÄDEL. Weißt … es ist doch … Geh, sag mir die Wahrheit, was war in dem Wein?

DER GATTE. Ja, glaubst du, ich bin ein … ich bin ein Giftmischer?

DAS SÜSSE MÄDEL. Ja, schau, ich versteh's halt nicht. Ich bin doch nicht so … Wir kennen uns doch erst seit … Du, ich bin nicht so … meiner Seel und Gott – wenn du das von mir glauben tät'st –

DER GATTE. Ja – was machst du dir denn da für Sorgen. Ich glaub gar nichts Schlechtes von dir. Ich glaub halt, dass du mich lieb hast.

DAS SÜSSE MÄDEL. Ja …

DER GATTE. Schließlich, wenn zwei junge Leut' allein in einem Zimmer sind und nachtmahlen und trinken Wein … es braucht gar nichts drin zu sein in dem Wein.

DAS SÜSSE MÄDEL. Ich hab's ja auch nur so g'sagt.

DER GATTE. Ja, warum denn?

DAS SÜSSE MÄDEL (*eher trotzig*). Ich hab mich halt g'schämt.

DER GATTE. Das ist lächerlich. Dazu liegt gar kein Grund vor. Umso mehr als ich dich an deinen ersten Geliebten erinnere.

DAS SÜSSE MÄDEL. Ja.

DER GATTE. An den e r s t e n.

DAS SÜSSE MÄDEL. Naja …

DER GATTE. Jetzt möcht es mich interessieren, wer die anderen waren.

DAS SÜSSE MÄDEL. Niemand.

DER GATTE. Das ist ja nicht wahr, das kann ja nicht wahr sein.

DAS SÜSSE MÄDEL. Geh, bitt dich, sekkier mich nicht. –

DER GATTE. Willst eine Zigarette?

DAS SÜSSE MÄDEL. Nein, ich dank schön.

DER GATTE. Weißt du, wie spät es ist?

DAS SÜSSE MÄDEL. Na?

DER GATTE. Halb zwölf

DAS SÜSSE MÄDEL. So!

DER GATTE. Na … und die Mutter? Die ist es gewöhnt, was?

DAS SÜSSE MÄDEL. Willst mich wirklich schon z' Haus schicken?

DER GATTE. Ja, du hast doch früher selbst –

DAS SÜSSE MÄDEL. Geh, du bist aber wie ausgewechselt. Was hab ich dir denn getan?

DER GATTE. Aber Kind, was hast du denn, was fällt dir denn ein?

DAS SÜSSE MÄDEL. Und es ist nur dein G'schau gewesen, meiner Seel, sonst hätt'st du lang … haben mich schon viele gebeten, ich soll mit ihnen ins Chambre séparée gehen.

DER GATTE. Na, willst du … bald wieder mit mir hierher … oder auch woanders –

DAS SÜSSE MÄDEL. Weiß nicht.

DER GATTE. Was heißt das wieder: Du weißt nicht.

DAS SÜSSE MÄDEL. Na, wenn du mich erst fragst?

DER GATTE. Also wann? Ich möcht dich nur vor allem aufklären, dass ich nicht in Wien lebe. Ich komm nur von Zeit zu Zeit auf ein paar Tage her.

DAS SÜSSE MÄDEL. Ah geh, du bist kein Wiener?

DER GATTE. Wiener bin ich schon. Aber ich lebe jetzt in der Nähe …

DAS SÜSSE MÄDEL. Wo denn?

DER GATTE. Ach Gott, das ist ja egal.

DAS SÜSSE MÄDEL. Na, fürcht dich nicht, ich komm nicht hin.

DER GATTE. O Gott, wenn es dir Spaß macht, kannst du auch hinkommen. Ich lebe in Graz.

DAS SÜSSE MÄDEL. Im Ernst?

DER GATTE. Naja, was wundert dich denn daran?

DAS SÜSSE MÄDEL. Du bist verheiratet, wie?

DER GATTE (*höchst erstaunt*). Ja, wie kommst du darauf?

DAS SÜSSE MÄDEL. Mir ist halt so vorgekommen.

DER GATTE. Und das würde dich gar nicht genieren?

DAS SÜSSE MÄDEL. Na, lieber ist mir schon, du bist ledig. – Aber du bist ja doch verheiratet! –

DER GATTE. Ja, sag mir nur, wie kommst du denn da darauf?

DAS SÜSSE MÄDEL. Wenn einer sagt, er lebt nicht in Wien und hat nicht immer Zeit –

DER GATTE. Das ist doch nicht so unwahrscheinlich.

DAS SÜSSE MÄDEL. Ich glaub's nicht.

DER GATTE. Und da möchtest du dir gar kein Gewissen machen, dass du einen Ehemann zur Untreue verführst?

DAS SÜSSE MÄDEL. Ah was, deine Frau macht's sicher nicht anders als du.

DER GATTE (*sehr empört*). Du, d a s verbiet ich mir. Solche Bemerkungen –

DAS SÜSSE MÄDEL. Du hast ja keine Frau, hab ich geglaubt.

DER GATTE. Ob ich eine hab oder nicht – man macht keine solche Bemerkungen. (*Er ist aufgestanden.*)

DAS SÜSSE MÄDEL. Karl, na Karl, was ist denn? Bist bös? Schau, ich hab's ja wirklich nicht gewusst, dass du verheiratet bist. Ich hab ja nur so g'redt. Geh, komm und sei wieder gut.

DER GATTE (*kommt nach ein paar Sekunden zu ihr*). Ihr seid wirklich sonderbare Geschöpfe, ihr … Weiber. (*Er wird wieder zärtlich an ihrer Seite.*)

DAS SÜSSE MÄDEL. Geh … nicht … es ist auch schon so spät. –

DER GATTE. Also jetzt hör mir einmal zu. Reden wir einmal im Ernst miteinander. Ich möcht dich wiedersehen, öfter wiedersehen.

DAS SÜSSE MÄDEL. Is wahr?

DER GATTE. Aber dazu ist notwendig … also verlassen muss ich mich auf dich können. Aufpassen kann ich nicht auf dich.

DAS SÜSSE MÄDEL. Ah, ich pass schon selber auf mich auf.

DER GATTE. Du bist … na also, unerfahren kann man ja nicht sagen – aber jung bist du – und – die Männer sind im Allgemeinen ein gewissenloses Volk.

DAS SÜSSE MÄDEL. O jeh!

DER GATTE. Ich mein das nicht nur in moralischer Hinsicht. – Na, du verstehst mich sicher. –

DAS SÜSSE MÄDEL. Ja, sag mir, was glaubst du denn eigentlich von mir?

DER GATTE. Also – wenn du mich liebhaben willst – nur mich – so können wir's uns schon einrichten – wenn ich auch für gewöhnlich in Graz wohne. Da, wo jeden Moment wer hereinkommen kann, ist es ja doch nicht das Rechte.

DAS SÜSSE MÄDEL (*schmiegt sich an ihn*).

DER GATTE. Das nächste Mal … werden wir woanders zusammensein, ja?

DAS SÜSSE MÄDEL. Ja.

DER GATTE. Wo wir ganz ungestört sind.

DAS SÜSSE MÄDEL. Ja.

DER GATTE (*umfängt sie heiß*). Das andere besprechen wir im Nachhausfahren. (*Steht auf, öffnet die Tür.*) Kellner … die Rechnung!

DAS SÜSSE MÄDEL UND DER DICHTER

Ein kleines Zimmer, mit behaglichem Geschmack eingerichtet. Vorhänge, welche das Zimmer halbdunkel machen. Rote Stores. Großer Schreibtisch, auf dem Papiere und Bücher herumliegen. Ein Pianino an der Wand.
Das süße Mädel. Der Dichter.
Sie kommen eben zusammen herein. Der Dichter schließt zu.

DER DICHTER. So, mein Schatz. (*Küsst sie.*)

DAS SÜSSE MÄDEL (*mit Hut und Mantille*). Ah! Da ist aber schön! Nur sehen tut man nichts!

DER DICHTER. Deine Augen müssen sich an das Halbdunkel gewöhnen. – Diese süßen Augen. (*Küsst sie auf die Augen.*)

DAS SÜSSE MÄDEL. Dazu werden die süßen Augen aber nicht Zeit genug haben.

DER DICHTER. Warum denn?

DAS SÜSSE MÄDEL. Weil ich nur eine Minuten dableib.

DER DICHTER. Den Hut leg ab, ja?

DAS SÜSSE MÄDEL. Wegen der einen Minuten?

DER DICHTER (*nimmt die Nadel aus ihrem Hut und legt den Hut fort).* Und die Mantille –

DAS SÜSSE MÄDEL. Was willst denn? – Ich muss ja gleich wieder fortgehen.

DER DICHTER. Aber du musst dich doch ausruhn! Wir sind ja drei Stunden gegangen.

DAS SÜSSE MÄDEL. Wir sind gefahren.

DER DICHTER. Ja, nach Haus – aber in Weidling am Bach sind wir doch drei volle Stunden herumgelaufen. Also setz dich nur schön nieder, mein Kind ... wohin du willst; – hier an den Schreibtisch; – aber nein, das ist nicht bequem. Setz dich auf den Diwan. – So. (*Er drückt sie nieder.*) Bist du sehr müd, so kannst du dich auch hinlegen. So. (*Er legt sie auf den Diwan.*) Da das Kopferl auf den Polster.

DAS SÜSSE MÄDEL (*lachend).* Aber ich bin ja gar nicht müd!

DER DICHTER. Das glaubst du nur. So – und wenn du schläfrig bist, kannst du auch schlafen. Ich werde ganz still sein. Übrigens kann ich dir ein Schlummerlied vorspielen ... von mir ... (*Geht zum Pianino.*)

DAS SÜSSE MÄDEL. Von dir?

DER DICHTER. Ja.

DAS SÜSSE MÄDEL. Ich hab 'glaubt, Robert, du bist ein Doktor.

DER DICHTER. Wieso? Ich hab dir doch gesagt, dass ich Schriftsteller bin.

DAS SÜSSE MÄDEL. Die Schriftsteller sind doch alle Doktors.

DER DICHTER. Nein; nicht alle. Ich z. B. nicht. Aber wie kommst du jetzt darauf.

DAS SÜSSE MÄDEL. Na, weil du sagst, das Stück, was du da spielen tust, ist von dir.

DER DICHTER. Ja ... vielleicht ist es auch nicht von mir. Das ist ja ganz egal. Was? Überhaupt, wer's gemacht hat, das ist immer egal. Nur schön muss es sein – nicht wahr?

DAS SÜSSE MÄDEL. Freilich ... schön muss es sein – das ist die Hauptsach! –

DER DICHTER. Weißt du, wie ich das gemeint hab?

DAS SÜSSE MÄDEL. Was denn?

DER DICHTER. Na, was ich eben gesagt hab.

DAS SÜSSE MÄDEL (*schläfrig).* Na freilich.

DER DICHTER (*steht auf; zu ihr, ihr das Haar streichelnd).* Kein Wort hast du verstanden.

DAS SÜSSE MÄDEL. Geh, ich bin doch nicht so dumm.

DER DICHTER. Freilich bist du so dumm. Aber gerade darum

hab ich dich lieb. Ah, das ist so schön, wenn ihr dumm seid. Ich mein in der Art wie du.

DAS SÜSSE MÄDEL. Geh, was schimpfst denn?

DER DICHTER. Engel, kleiner. Nicht wahr, es liegt sich gut auf dem weichen, persischen Teppich?

DAS SÜSSE MÄDEL. O ja. Geh, willst nicht weiter Klavier spielen?

DER DICHTER. Nein, ich bin schon lieber da bei dir. (*Streichelt sie.*)

DAS SÜSSE MÄDEL. Geh, willst nicht lieber Licht machen?

DER DICHTER. O nein ... Diese Dämmerung tut ja so wohl. Wir waren heute den ganzen Tag wie in Sonnenstrahlen gebadet. Jetzt sind wir sozusagen aus dem Bad gestiegen und schlagen ... die Dämmerung wie einen Badmantel (*Lacht.*) ah nein – das muss anders gesagt werden ... Findest du nicht?

DAS SÜSSE MÄDEL. Weiß nicht.

DER DICHTER (*sich leicht von ihr entfernend*). Göttlich, diese Dummheit! (*Nimmt ein Notizbuch und schreibt ein paar Worte hinein.*)

DAS SÜSSE MÄDEL. Was machst denn? (*Sich nach ihm umwendend.*) Was schreibst dir denn auf?

DER DICHTER (*leise*). Sonne, Bad, Dämmerung, Mantel ... so ... (*Steckt das Notizbuch ein. Laut.*) Nichts ... Jetzt sag einmal, mein Schatz, möchtest du nicht etwas essen oder trinken?

DAS SÜSSE MÄDEL. Durst hab ich eigentlich keinen. Aber Appetit.

DER DICHTER. Hm ... mir wär lieber, du hättest Durst. Cognac hab ich nämlich zu Haus, aber Essen müsste ich erst holen.

DAS SÜSSE MÄDEL. Kannst nichts holen lassen?

DER DICHTER. Das ist schwer, meine Bedienerin ist jetzt nicht mehr da – na wart – ich geh schon selber ... was magst du denn?

DAS SÜSSE MÄDEL. Aber es zahlt sich ja wirklich nimmer aus, ich muss ja sowieso zu Haus.

DER DICHTER. Kind, davon ist keine Rede. Aber ich werd dir was sagen: Wenn wir weggehn, gehn wir zusammen wohin nachtmahlen.

DAS SÜSSE MÄDEL. O nein. Dazu hab ich keine Zeit. Und dann, wohin sollen wir denn? Es könnt uns ja wer Bekannter sehn.

DER DICHTER. Hast du denn gar so viel Bekannte?

DAS SÜSSE MÄDEL. Es braucht uns ja nur einer zu sehn, ist's Malheur schon fertig.

DER DICHTER. Was ist denn das für ein Malheur?

DAS SÜSSE MÄDEL. Na, was glaubst, wenn die Mutter was hört …

DER DICHTER. Wir können ja doch irgendwohin gehen, wo uns niemand sieht, es gibt ja Gasthäuser mit einzelnen Zimmern.

DAS SÜSSE MÄDEL (*singend*). Ja, beim Souper im Chambre séparée!

DER DICHTER. Warst du schon einmal in einem Chambre séparée?

DAS SÜSSE MÄDEL. Wenn ich die Wahrheit sagen soll – ja.

DER DICHTER. Wer war der Glückliche?

DAS SÜSSE MÄDEL. Oh, das ist nicht, wie du meinst … ich war mit meiner Freundin und ihrem Bräutigam. Die haben mich mitgenommen.

DER DICHTER. So. Und das soll ich dir am End glauben?

DAS SÜSSE MÄDEL. Brauchst mir ja nicht zu glauben!

DER DICHTER (*nah bei ihr*). Bist du jetzt rot geworden? Man sieht nichts mehr! Ich kann deine Züge nicht mehr ausnehmen. (*Mit seiner Hand berührt er ihre Wangen.*) Aber auch so erkenn ich dich.

DAS SÜSSE MÄDEL. Na, pass nur auf, dass du mich mit keiner andern verwechselst.

DER DICHTER. Es ist seltsam, ich kann mich nicht mehr erinnern, wie du aussiehst.

DAS SÜSSE MÄDEL. Dank schön!

DER DICHTER (*ernst*). Du, das ist beinah unheimlich, ich kann mir dich nicht vorstellen – In einem gewissen Sinne hab ich dich schon vergessen – Wenn ich mich auch nicht mehr an den Klang deiner Stimme erinnern könnte … was wärst du da eigentlich? – Nah und fern zugleich … unheimlich.

DAS SÜSSE MÄDEL. Geh, was red'st denn –?

DER DICHTER. Nichts, mein Engel, nichts. Wo sind deine Lippen … (*Er küsst sie.*)

DAS SÜSSE MÄDEL. Willst nicht lieber Licht machen?

DER DICHTER. Nein … (*Er wird sehr zärtlich.*) Sag, ob du mich lieb hast.

DAS SÜSSE MÄDEL. Sehr … o sehr!

DER DICHTER. Hast du schon irgendwen so lieb gehabt wie mich?

DAS SÜSSE MÄDEL. Ich hab dir ja schon gesagt, nein.

DER DICHTER. Aber … (*Er seufzt.*)

DAS SÜSSE MÄDEL. Das ist ja mein Bräutigam gewesen.

DER DICHTER. Es wär mir lieber, du würdest jetzt nicht an ihn denken.

DAS SÜSSE MÄDEL. Geh … was machst denn … schau …

DER DICHTER. Wir können uns jetzt auch vorstellen, dass wir in einem Schloss in Indien sind.

DAS SÜSSE MÄDEL. Dort sind s' gewiss nicht so schlimm wie du.

DER DICHTER. Wie blöd! Göttlich – Ah, wenn du ahntest, was du für mich bist …

DAS SÜSSE MÄDEL. Na?

DER DICHTER. Stoß mich doch nicht immer weg; ich tu dir ja nichts – vorläufig.

DAS SÜSSE MÄDEL. Du, das Mieder tut mir weh.

DER DICHTER (*einfach*). Zieh's aus.

DAS SÜSSE MÄDEL. Ja. Aber du darfst deswegen nicht schlimm werden.

DER DICHTER. Nein.

DAS SÜSSE MÄDEL (*hat sich erhoben und zieht in der Dunkelheit ihr Mieder aus*).

DER DICHTER (*der währenddessen auf dem Diwan sitzt*). Sag, interessiert's dich denn gar nicht, wie ich mit dem Zunamen heiß?

DAS SÜSSE MÄDEL. Ja, wie heißt du denn?

DER DICHTER. Ich werd dir lieber nicht sagen, wie ich heiß, sondern wie ich mich nenne.

DAS SÜSSE MÄDEL. Was ist denn da für ein Unterschied?

DER DICHTER. Na, wie ich mich als Schriftsteller nenne.

DAS SÜSSE MÄDEL. Ah, du schreibst nicht unter deinem wirklichen Namen?

DER DICHTER (*nah zu ihr*).

DAS SÜSSE MÄDEL. Ah … geh! … Nicht.

DER DICHTER. Was einem da für ein Duft entgegensteigt. Wie süß. (*Er küsst ihren Busen.*)

DAS SÜSSE MÄDEL. Du zerreißt ja mein Hemd.

DER DICHTER. Weg … weg … alles das ist überflüssig.

DAS SÜSSE MÄDEL. Aber Robert!

DER DICHTER. Und jetzt komm in unser indisches Schloss.

DAS SÜSSE MÄDEL. Sag mir zuerst, ob du mich wirklich lieb hast.

DER DICHTER. Aber ich bete dich ja an. (*Küsst sie heiß.*) Ich bete dich ja an, mein Schatz, mein Frühling … mein …

DAS SÜSSE MÄDEL. Robert … Robert …

––– ––– ––– ––– ––– ––– ––– ––– ––– ––– –––

DER DICHTER. Das war überirdische Seligkeit … Ich nenne mich …

DAS SÜSSE MÄDEL. Robert, o mein Robert!

DER DICHTER. Ich nenne mich Biebitz.

DAS SÜSSE MÄDEL. Warum nennst du dich Biebitz?

DER DICHTER. Ich heiße nicht Biebitz – ich nenne mich so … nun, kennst du den Namen vielleicht nicht?

DAS SÜSSE MÄDEL. Nein.

DER DICHTER. Du kennst den Namen Biebitz nicht? Ah – göttlich! Wirklich? Du sagst es nur, dass du ihn nicht kennst, nicht wahr?

DAS SÜSSE MÄDEL. Meiner Seel, ich hab ihn nie gehört!

DER DICHTER. Gehst du denn nie ins Theater?

DAS SÜSSE MÄDEL. O ja – ich war erst neulich mit einem – weißt, mit dem Onkel von meiner Freundin und meiner Freundin sind wir in der Oper gewesen bei der „Cavalleria".

DER DICHTER. Hm, also ins Burgtheater gehst du nie.

DAS SÜSSE MÄDEL. Da krieg ich nie Karten geschenkt.

DER DICHTER. Ich werde dir nächstens eine Karte schicken.

DAS SÜSSE MÄDEL. O ja! Aber nicht vergessen! Zu was Lustigem aber.

DER DICHTER. Ja … lustig … zu was Traurigem willst du nicht gehn?

DAS SÜSSE MÄDEL. Nicht gern.

DER DICHTER. Auch wenn's ein Stück von mir ist?

DAS SÜSSE MÄDEL. Geh – ein Stück von dir? Du schreibst fürs Theater?

DER DICHTER. Erlaube, ich will nur Licht machen. Ich habe dich noch nicht gesehen, seit du meine Geliebte bist. – Engel! (*Er zündet eine Kerze an.*)

DAS SÜSSE MÄDEL. Geh, ich schäm mich ja. Gib mir wenigstens eine Decke.

DER DICHTER. Später! (*Er kommt mit dem Licht zu ihr, betrachtet sie lang.*)

DAS SÜSSE MÄDEL (*bedeckt ihr Gesicht mit den Händen*). Geh, Robert!

DER DICHTER. Du bist schön, du bist die Schönheit, du bist vielleicht sogar die Natur, du bist die heilige Einfalt.

DAS SÜSSE MÄDEL. O weh, du tropfst mich ja an! Schau, was gibst denn nicht acht!

DER DICHTER (*stellt die Kerze weg*). Du bist das, was ich seit Langem gesucht habe. Du liebst nur m i c h, du würdest mich auch lieben, wenn ich Schnittwarenkommis wäre. Das tut wohl.

Ich will dir gestehen, dass ich einen gewissen Verdacht bis zu diesem Moment nicht losgeworden bin. Sag ehrlich, hast du nicht geahnt, dass ich Biebitz bin?

DAS SÜSSE MÄDEL. Aber geh, ich weiß gar nicht, was du von mir willst. Ich kenn ja gar kein Biebitz.

DER DICHTER. Was ist der Ruhm! Nein, vergiss, was ich gesagt habe, vergiss sogar den Namen, den ich dir gesagt hab. Robert bin ich und will ich für dich bleiben. Ich hab auch nur gescherzt. (*Leicht.*) Ich bin ja nicht Schriftsteller, ich bin Kommis, und am Abend spiel ich bei Volkssängern Klavier.

DAS SÜSSE MÄDEL. Ja, jetzt kenn ich mich aber nicht mehr aus … nein, und wie du einen nur anschaust. Ja, was ist denn, ja was hast denn?

DER DICHTER. Es ist sehr sonderbar – was mir beinah noch nie passiert ist, mein Schatz, mir sind die Tränen nah. Du ergreifst mich tief. Wir wollen zusammenbleiben, ja? Wir werden einander sehr lieb haben.

DAS SÜSSE MÄDEL. Du, ist das wahr mit den Volkssängern?

DER DICHTER. Ja, aber frag nicht weiter. Wenn du mich lieb hast, frag überhaupt nichts. Sag, kannst du dich auf ein paar Wochen ganz frei machen?

DAS SÜSSE MÄDEL. Wieso ganz frei?

DER DICHTER. Nun, vom Hause weg?

DAS SÜSSE MÄDEL. Aber!! Wie kann ich das! Was möcht die Mutter sagen? Und dann, ohne mich ging ja alles schief zu Haus.

DER DICHTER. Ich hatte es mir schön vorgestellt, mit dir zusammen, allein mit dir, irgendwo in der Einsamkeit draußen, im Wald, in der Natur ein paar Wochen zu leben. Natur … in der Natur. Und dann, eines Tages adieu – voneinandergehen, ohne zu wissen, wohin.

DAS SÜSSE MÄDEL. Jetzt red'st schon vom Adieusagen! Und ich hab gemeint, dass du mich so gern hast.

DER DICHTER. Gerade darum – (*Beugt sich zu ihr und küsst sie auf die Stirn.*) Du süßes Geschöpf!

DAS SÜSSE MÄDEL. Geh, halt mich fest, mir ist so kalt.

DER DICHTER. Es wird Zeit sein, dass du dich ankleidest. Warte, ich zünde dir noch ein paar Kerzen an.

DAS SÜSSE MÄDEL (*erhebt sich*). Nicht herschauen.

DER DICHTER. Nein. (*Am Fenster.*) Sag mir, mein Kind, bist du glücklich?

DAS SÜSSE MÄDEL. Wie meinst das?

DER DICHTER. Ich mein im Allgemeinen, ob du glücklich bist?

DAS SÜSSE MÄDEL. Es könnt schon besser gehen.

DER DICHTER. Du missverstehst mich. Von deinen häuslichen Verhältnissen hast du mir ja schon genug erzählt. Ich weiß, dass du keine Prinzessin bist. Ich mein, wenn du von alledem absiehst, wenn du dich einfach leben spürst. Spürst du dich überhaupt leben?

DAS SÜSSE MÄDEL. Geh, hast kein Kamm?

DER DICHTER (*geht zum Toilettentisch, gibt ihr den Kamm, betrachtet das süße Mädel*). Herrgott, siehst du so entzückend aus!

DAS SÜSSE MÄDEL. Na ... nicht!

DER DICHTER. Geh, bleib noch da, bleib da, ich hol was zum Nachtmahl und ...

DAS SÜSSE MÄDEL. Aber es ist ja schon viel zu spät.

DER DICHTER. Es ist noch nicht neun.

DAS SÜSSE MÄDEL. Na, sei so gut, da muss ich mich aber tummeln.

DER DICHTER. Wann werden wir uns denn wiedersehen?

DAS SÜSSE MÄDEL. Na, wann willst mich denn wiedersehen?

DER DICHTER. Morgen.

DAS SÜSSE MÄDEL. Was ist denn morgen für ein Tag?

DER DICHTER. Samstag.

DAS SÜSSE MÄDEL. Oh, da kann ich nicht, da muss ich mit meiner kleinen Schwester zum Vormund.

DER DICHTER. Also Sonntag ... hm ... Sonntag ... am Sonntag ... Jetzt werd ich dir was erklären. – Ich bin nicht Biebitz, aber Biebitz ist mein Freund. Ich werd dir ihn einmal vorstellen. Aber Sonntag ist das Stück von Biebitz; ich werd dir eine Karte schicken und werde dich dann vom Theater abholen. Du wirst mir sagen, wie dir das Stück gefallen hat; ja?

DAS SÜSSE MÄDEL. Jetzt, die G'schicht mit dem Biebitz – da bin ich schon ganz blöd.

DER DICHTER. Völlig werd ich dich erst kennen, wenn ich weiß, was du bei diesem Stück empfunden hast.

DAS SÜSSE MÄDEL. So ... ich bin fertig.

DER DICHTER. Komm, mein Schatz!

(Sie gehen.)

DER DICHTER UND DIE SCHAUSPIELERIN

Ein Zimmer in einem Gasthof auf dem Land.
Es ist ein Frühlingsabend; über den Wiesen und Hügeln liegt der Mond; die Fenster stehen offen.
Große Stille.
Der Dichter und die Schauspielerin treten ein; wie sie hereintreten, verlöscht das Licht, das der Dichter in der Hand hält.

DICHTER. Oh …
SCHAUSPIELERIN. Was ist denn?
DICHTER. Das Licht. – Aber wir brauchen keins. Schau, es ist ganz hell. Wunderbar!
SCHAUSPIELERIN (*sinkt am Fenster plötzlich nieder, mit gefalteten Händen).*
DICHTER. Was hast du denn?
SCHAUSPIELERIN (*schweigt).*
DICHTER (*zu ihr hin).* Was machst du denn?
SCHAUSPIELERIN (*empört).* Siehst du nicht, dass ich bete?
DICHTER. Glaubst du an Gott?
SCHAUSPIELERIN. Gewiss, ich bin ja kein blasser Schurke.
DICHTER. Ach so!
SCHAUSPIELERIN. Komm doch zu mir, knie dich neben mich hin. Kannst wirklich auch einmal beten. Wird dir keine Perle aus der Krone fallen.
DICHTER (*kniet neben sie hin und umfasst sie).*
SCHAUSPIELERIN. Wüstling! – (*Erhebt sich.)* Und weißt du auch, zu wem ich gebetet habe?
DICHTER. Zu Gott, nehm ich an.
SCHAUSPIELERIN (*Großer Hohn).* Jawohl! Zu dir hab ich gebetet.
DICHTER. Warum hast du denn da zum Fenster hinausgeschaut?
SCHAUSPIELERIN. Sag mir lieber, wo du mich da hingeschleppt hast, Verführer!
DICHTER. Aber Kind, das war ja deine Idee. Du wolltest ja aufs Land – und gerade hierher.
SCHAUSPIELERIN. Nun, hab ich nicht recht gehabt?
DICHTER. Gewiss; es ist ja entzückend hier. Wenn man bedenkt, zwei Stunden von Wien – und die völlige Einsamkeit. Und was für eine Gegend!
SCHAUSPIELERIN. Was? Da könntest du wohl mancherlei dichten, wenn du zufällig Talent hättest.

DICHTER. Warst du hier schon einmal?

SCHAUSPIELERIN. Ob ich hier schon war? Ha! Hier hab ich jahrelang gelebt!

DICHTER. Mit wem?

SCHAUSPIELERIN. Nun, mit Fritz natürlich.

DICHTER. Ach so!

SCHAUSPIELERIN. Den Mann hab ich wohl angebetet! –

DICHTER. Das hast du mir bereits erzählt.

SCHAUSPIELERIN. Ich bitte – ich kann auch wieder gehen, wenn ich dich langweile!

DICHTER. Du mich langweilen? … Du ahnst ja gar nicht, was du für mich bedeutest … Du bist eine Welt für sich … Du bist das Göttliche, du bist das Genie … Du bist … Du bist eigentlich die heilige Einfalt … Ja, du … Aber du solltest jetzt nicht von Fritz reden.

SCHAUSPIELERIN. Das war wohl eine Verirrung! Na! –

DICHTER. Es ist schön, dass du das einsiehst.

SCHAUSPIELERIN. Komm her, gib mir einen Kuss!

DICHTER (*küsst sie*).

SCHAUSPIELERIN. Jetzt wollen wir uns aber eine gute Nacht sagen! Leb wohl, mein Schatz!

DICHTER. Wie meinst du das?

SCHAUSPIELERIN. Nun, ich werde mich schlafen legen!

DICHTER. Ja – das schon, aber was das Gutenachtsagen anbelangt … Wo soll denn ich übernachten?

SCHAUSPIELERIN. Es gibt gewiss noch viele Zimmer in diesem Haus.

DICHTER. Die anderen haben aber keinen Reiz für mich. Jetzt werd ich übrigens Licht machen, meinst du nicht?

SCHAUSPIELERIN. Ja.

DICHTER (*zündet das Licht an, das auf dem Nachtkästchen steht*). Was für ein hübsches Zimmer … und fromm sind die Leute hier. Lauter Heiligenbilder … Es wäre interessant, eine Zeit unter diesen Menschen zu verbringen … doch eine andre Welt. Wir wissen eigentlich so wenig von den andern.

SCHAUSPIELERIN. Rede keinen Stiefel und reiche mir lieber diese Tasche vom Tisch herüber.

DICHTER. Hier, meine Einzige!

SCHAUSPIELERIN (*nimmt aus dem Täschchen ein kleines, gerahmtes Bildchen, stellt es auf das Nachtkästchen*).

DICHTER. Was ist das?

SCHAUSPIELERIN. Das ist die Madonna.

DICHTER. Die hast du immer mit?

SCHAUSPIELERIN. Die ist doch mein Talisman. Und jetzt geh, Robert!

DICHTER. Aber was sind das für Scherze? Soll ich dir nicht helfen?

SCHAUSPIELERIN. Nein, du sollst jetzt gehn.

DICHTER. Und wann soll ich wiederkommen?

SCHAUSPIELERIN. In zehn Minuten.

DICHTER (*küsst sie*). Auf Wiedersehen!

SCHAUSPIELERIN. Wo willst du denn hin?

DICHTER. Ich werde vor dem Fenster auf und ab gehen. Ich liebe es sehr, nachts im Freien herumzuspazieren. Meine besten Gedanken kommen mir so. Und gar in deiner Nähe, von deiner Sehnsucht sozusagen umhaucht ... in deiner Kunst webend.

SCHAUSPIELERIN. Du redest wie ein Idiot ...

DICHTER (*schmerzlich*). Es gibt Frauen, welche vielleicht sagen würden ... wie ein Dichter.

SCHAUSPIELERIN. Nun geh endlich. Aber fang mir kein Verhältnis mit der Kellnerin an. –

DICHTER (*geht*).

SCHAUSPIELERIN (*kleidet sich aus. Sie hört, wie der Dichter über die Holztreppe hinuntergeht, und hört jetzt seine Schritte unter dem Fenster. Sie geht, sobald sie ausgekleidet ist, zum Fenster, sieht hinunter, er steht da; sie ruft flüsternd hinunter*). Komm!

DICHTER (*kommt rasch herauf; stürzt zu ihr, die sich unterdessen ins Bett gelegt und das Licht ausgelöscht hat; er sperrt ab*).

SCHAUSPIELERIN. So, jetzt kannst du dich zu mir setzen und mir was erzählen.

DICHTER (*setzt sich zu ihr aufs Bett*). Soll ich nicht das Fenster schließen? Ist dir nicht kalt?

SCHAUSPIELERIN. O nein!

DICHTER. Was soll ich dir denn erzählen?

SCHAUSPIELERIN. Nun, wem bist du in diesem Moment untreu?

DICHTER. Ich bin es ja leider noch nicht.

SCHAUSPIELERIN. Nun, tröste dich, ich betrüge auch jemanden.

DICHTER. Das kann ich mir denken.

SCHAUSPIELERIN. Und was glaubst du, wen?

DICHTER. Ja, Kind, davon kann ich keine Ahnung haben.

SCHAUSPIELERIN. Nun, rate.

DICHTER. Warte ... Na, deinen Direktor.

SCHAUSPIELERIN. Mein Lieber, ich bin keine Choristin.

DICHTER. Nun, ich dachte nur.

SCHAUSPIELERIN. Rate noch einmal.

DICHTER. Also du betrügst deinen Kollegen ... Benno –

SCHAUSPIELERIN. Ha! Der Mann liebt ja überhaupt keine Frauen ... weißt du das nicht? Der Mann hat ja ein Verhältnis mit seinem Briefträger!

DICHTER. Ist das möglich! –

SCHAUSPIELERIN. So gib mir lieber einen Kuss!

DICHTER (*umschlingt sie*).

SCHAUSPIELERIN. Aber was tust du denn?

DICHTER. So quäl mich doch nicht so.

SCHAUSPIELERIN. Höre, Robert, ich werde dir einen Vorschlag machen. Leg dich zu mir ins Bett.

DICHTER. Angenommen!

SCHAUSPIELERIN. Komm schnell, komm schnell!

DICHTER. Ja ... wenn es nach mir gegangen wäre, wär ich schon längst ... Hörst du ...

SCHAUSPIELERIN. Was denn?

DICHTER. Draußen zirpen die Grillen.

SCHAUSPIELERIN. Du bist wohl wahnsinnig, mein Kind, hier gibt es ja keine Grillen.

DICHTER. Aber du hörst sie doch.

SCHAUSPIELERIN. Nun, so komm, endlich!

DICHTER. Da bin ich. (*Zu ihr.*)

SCHAUSPIELERIN. So, jetzt bleib schön ruhig liegen ... Pst ... nicht rühren.

DICHTER. Ja, was fällt dir denn ein?

SCHAUSPIELERIN. Du möchtest wohl gerne ein Verhältnis mit mir haben?

DICHTER. Das dürfte dir doch bereits klar sein.

SCHAUSPIELERIN. Nun, das möchte wohl mancher ...

DICHTER. Es ist aber doch nicht zu bezweifeln, dass in diesem Moment ich die meisten Chancen habe.

SCHAUSPIELERIN. So komm, meine Grille! Ich werde dich von nun an Grille nennen.

DICHTER. Schön ...

SCHAUSPIELERIN. Nun, wen betrüg ich?

DICHTER. Wen? ... Vielleicht mich ...

SCHAUSPIELERIN. Mein Kind, du bist schwer gehirnleidend.

DICHTER. Oder einen ... den du selbst nie gesehen ... einen, den du nicht kennst, einen – der für dich bestimmt ist und den du nie finden kannst ...

SCHAUSPIELERIN. Ich bitte dich, rede nicht so märchenhaft blöd.

DICHTER. … Ist es nicht sonderbar … auch du – und man sollte doch glauben. – Aber nein, es hieße dir dein Bestes rauben, wollte man dir … komm, komm – – komm –

— — — — — — — — — — —

SCHAUSPIELERIN. Das ist doch schöner, als in blödsinnigen Stücken spielen … was meinst du?

DICHTER. Nun, ich mein, es ist gut, dass du doch zuweilen in vernünftigen zu spielen hast.

SCHAUSPIELERIN. Du arroganter Hund meinst gewiss wieder das deine?

DICHTER. Jawohl!

SCHAUSPIELERIN (*ernst*). Das ist wohl ein herrliches Stück!

DICHTER. Nun also!

SCHAUSPIELERIN. Ja, du bist ein großes Genie, Robert!

DICHTER. Bei dieser Gelegenheit könntest du mir übrigens sagen, warum du vorgestern abgesagt hast. Es hat dir doch absolut gar nichts gefehlt.

SCHAUSPIELERIN. Nun, ich wollte dich ärgern.

DICHTER. Ja, warum denn? Was hab ich dir denn getan?

SCHAUSPIELERIN. Arrogant bist du gewesen.

DICHTER. Wieso?

SCHAUSPIELERIN. Alle im Theater finden es.

DICHTER. So.

SCHAUSPIELERIN. Aber ich hab ihnen gesagt: Der Mann hat wohl ein Recht, arrogant zu sein.

DICHTER. Und was haben die anderen geantwortet?

SCHAUSPIELERIN. Was sollen mir denn die Leute antworten? Ich rede ja mit keinem.

DICHTER. Ach so.

SCHAUSPIELERIN. Sie möchten mich am liebsten alle vergiften. Aber das wird ihnen nicht gelingen.

DICHTER. Denke jetzt nicht an die anderen Menschen. Freue dich lieber, dass wir hier sind, und sage mir, dass du mich lieb hast.

SCHAUSPIELERIN. Verlangst du noch weitere Beweise?

DICHTER. Bewiesen kann das überhaupt nicht werden.

SCHAUSPIELERIN. Das ist aber großartig! Was willst du denn noch?

DICHTER. Wie vielen hast du es schon auf diese Art beweisen wollen … hast du alle geliebt?

SCHAUSPIELERIN. O nein. Geliebt hab ich nur einen.

DICHTER (*umarmt sie*). Mein …

SCHAUSPIELERIN. Fritz.

DICHTER. Ich heiße Robert. Was bin denn ich für dich, wenn du jetzt an Fritz denkst?

SCHAUSPIELERIN. Du bist eine Laune.

DICHTER. Gut, dass ich es weiß.

SCHAUSPIELERIN. Nun sag, bist du nicht stolz?

DICHTER. Ja, weshalb soll ich denn stolz sein?

SCHAUSPIELERIN. Ich denke, dass du wohl einen Grund dazu hast.

DICHTER. Ach deswegen.

SCHAUSPIELERIN. Jawohl, deswegen, meine blasse Grille! – Nun, wie ist das mit dem Zirpen? Zirpen sie noch?

DICHTER. Ununterbrochen. Hörst du's denn nicht?

SCHAUSPIELERIN. Freilich hör ich. Aber das sind Frösche, mein Kind.

DICHTER. Du irrst dich; die quaken.

SCHAUSPIELERIN. Gewiss quaken sie.

DICHTER. Aber nicht hier, mein Kind, hier wird gezirpt.

SCHAUSPIELERIN. Du bist wohl das Eigensinnigste, was mir je untergekommen ist. Gib mir einen Kuss, mein Frosch!

DICHTER. Bitte sehr, nenn mich nicht so. Das macht mich direkt nervös.

SCHAUSPIELERIN. Nun, wie soll ich dich nennen?

DICHTER. Ich hab doch einen Namen: Robert.

SCHAUSPIELERIN. Ach, das ist zu dumm.

DICHTER. Ich bitte dich aber, mich einfach so zu nennen, wie ich heiße.

SCHAUSPIELERIN. Also Robert, gib mir einen Kuss … Ah! (*Sie küsst ihn.*) Bist du jetzt zufrieden, Frosch? Hahahaha.

DICHTER. Würdest du mir erlauben, mir eine Zigarette anzuzünden?

SCHAUSPIELERIN. Gib mir auch eine.

Er nimmt die Zigarettentasche vom Nachtkästchen, entnimmt ihr zwei Zigaretten, zündet beide an, gibt ihr eine.

SCHAUSPIELERIN. Du hast mir übrigens noch kein Wort über meine gestrige Leistung gesagt.

DICHTER. Über welche Leistung?

SCHAUSPIELERIN. Nun.

DICHTER. Ach so. Ich war nicht im Theater.

SCHAUSPIELERIN. Du beliebst wohl zu scherzen.

DICHTER. Durchaus nicht. Nachdem du vorgestern abgesagt hast, habe ich angenommen, dass du auch gestern noch nicht im Vollbesitze deiner Kräfte sein würdest, und da hab ich lieber verzichtet.

SCHAUSPIELERIN. Du hast wohl viel versäumt.
DICHTER. So.
SCHAUSPIELERIN. Es war sensationell. Die Menschen sind blass geworden.
DICHTER. Hast du das deutlich bemerkt?
SCHAUSPIELERIN. Benno sagte: Kind, du hast gespielt wie eine Göttin.
DICHTER. Hm! ... Und vorgestern noch so krank.
SCHAUSPIELERIN. Jawohl; ich war es auch. Und weißt du, warum? Vor Sehnsucht nach dir.
DICHTER. Fruher hast du mir erzählt, du wolltest mich ärgern, und hast darum abgesagt.
SCHAUSPIELERIN. Aber was weißt du von meiner Liebe zu dir. Dich lässt das ja alles kalt. Und ich bin schon nächtelang im Fieber gelegen. Vierzig Grad!
DICHTER. Für eine Laune ist das ziemlich hoch.
SCHAUSPIELERIN. Laune nennst du das? Ich sterbe vor Liebe zu dir, und du nennst es Laune –?!
DICHTER. Und Fritz ...?
SCHAUSPIELERIN. Fritz? ... Rede mir nicht von diesem Galeerensträfling! –

DIE SCHAUSPIELERIN UND DER GRAF

Das Schlafzimmer der Schauspielerin. Sehr üppig eingerichtet. Es ist zwölf Uhr mittags; die Rouleaux sind noch heruntergelassen; auf dem Nachtkästchen brennt eine Kerze, die Schauspielerin liegt noch in ihrem Himmelbett. Auf der Decke liegen zahlreiche Zeitungen. Der Graf tritt ein in der Uniform eines Dragonerrittmeisters. Er bleibt an der Tür stehen. –

SCHAUSPIELERIN. Ah, Herr Graf.
GRAF. Die Frau Mama hat mir erlaubt, sonst wär ich nicht –
SCHAUSPIELERIN. Bitte, treten Sie nur näher.
GRAF. Küss die Hand. Pardon – wenn man von der Straßen hereinkommt ... ich seh nämlich noch rein gar nichts. So ... da wären wir ja. (*Am Bett.*) Küss die Hand.
SCHAUSPIELERIN. Nehmen Sie Platz, Herr Graf.
GRAF. Frau Mama sagte mir, Fräulein sind unpässlich ... Wird doch hoffentlich nichts Ernstes sein.
SCHAUSPIELERIN. Nichts Ernstes? Ich bin dem Tode nahe gewesen!

GRAF. – Um Gottes willen, wie ist denn das möglich?

SCHAUSPIELERIN. Es ist jedenfalls sehr freundlich, dass Sie sich zu mir bemühen.

GRAF. Dem Tode nahe! Und gestern Abend haben Sie noch gespielt wie eine Göttin.

SCHAUSPIELERIN. Es war wohl ein großer Triumph.

GRAF. Kolossal! … Die Leute waren auch alle hingerissen. Und von mir will ich gar nicht reden.

SCHAUSPIELERIN. Ich danke für die schönen Blumen.

GRAF. Aber bitt Sie, Fräulein.

SCHAUSPIELERIN (*mit den Augen auf einen großen Blumenkorb weisend, der auf einem kleinen Tischchen am Fenster steht).* Hier stehen sie.

GRAF. Sie sind gestern förmlich überschüttet worden mit Blumen und Kränzen.

SCHAUSPIELERIN. Das liegt noch alles in meiner Garderobe. Nur Ihren Korb habe ich mit nach Hause gebracht.

GRAF (*küsst ihr die Hand).* Das ist lieb von Ihnen.

SCHAUSPIELERIN (*nimmt die seine plötzlich und küsst sie).*

GRAF. Aber Fräulein.

SCHAUSPIELERIN. Erschrecken Sie nicht, Herr Graf, das verpflichtet Sie zu gar nichts.

GRAF. Sie sind ein sonderbares Wesen … rätselhaft könnte man fast sagen. – (*Pause.)*

SCHAUSPIELERIN. Das Fräulein Birken ist wohl leichter aufzulösen.

GRAF. Ja, die kleine Birken ist kein Problem, obzwar … ich kenne sie ja auch nur oberflächlich.

SCHAUSPIELERIN. Ha!

GRAF. Sie können mir's glauben. Aber Sie sind ein Problem. Danach hab ich immer Sehnsucht gehabt. Es ist mir eigentlich ein großer Genuss entgangen, dadurch, dass ich Sie gestern … das erste Mal spielen gesehen habe.

SCHAUSPIELERIN. Ist das möglich?

GRAF. Ja. Schauen Sie, Fräulein, es ist so schwer mit dem Theater. Ich bin gewöhnt, spät zu dinieren … also wenn man dann hinkommt, ist's Beste vorbei. Ist's nicht wahr?

SCHAUSPIELERIN. So werden Sie eben von jetzt an früher essen.

GRAF. Ja, ich hab auch schon daran gedacht. Oder gar nicht. Es ist ja wirklich kein Vergnügen, das Dinieren.

SCHAUSPIELERIN. Was kennen Sie jugendlicher Greis eigentlich noch für ein Vergnügen?

GRAF. Das frag ich mich selber manchmal! Aber ein Greis bin ich nicht. Es muss einen anderen Grund haben.

SCHAUSPIELERIN. Glauben Sie?

GRAF. Ja. Der Lulu sagt beispielsweise, ich bin ein Philosoph. Wissen Sie, Fräulein, er meint, ich denk zu viel nach.

SCHAUSPIELERIN. Ja ... Denken, das ist das Unglück.

GRAF. Ich hab zu viel Zeit, drum denk ich nach. Bitt Sie, Fräulein, schauen S', ich hab mir gedacht, wenn s' mich nach Wien transferieren, wird's besser. Da gibt's Zerstreuung, Anregung. Aber es ist im Grund doch nicht anders als da oben.

SCHAUSPIELERIN. Wo ist denn das da oben?

GRAF. Na, da unten, wissen S', Fräulein, in Ungarn, in die Nester, wo ich meistens in Garnison war.

SCHAUSPIELERIN. Ja, was haben Sie denn in Ungarn gemacht?

GRAF. Na, wie ich sag, Fräulein, Dienst.

SCHAUSPIELERIN. Ja, warum sind Sie denn so lang in Ungarn geblieben?

GRAF. Ja, das kommt so.

SCHAUSPIELERIN. Da muss man ja wahnsinnig werden.

GRAF. Warum denn? Zu tun hat man eigentlich mehr wie da. Wissen S', Fräulein, Rekruten ausbilden, Remonten reiten ... und dann ist's nicht so arg mit der Gegend, wie man sagt. Es ist schon ganz was Schönes, die Tiefebene – und so ein Sonnenuntergang, es ist schade, dass ich kein Maler bin, ich hab mir manchmal gedacht, wenn ich ein Maler wär, tät ich's malen. Einen haben wir gehabt beim Regiment, einen jungen Splany, der hat's können. – Aber was erzähl ich Ihnen da für fade G'schichten, Fräulein.

SCHAUSPIELERIN. O bitte, ich amüsiere mich königlich.

GRAF. – Wissen S', Fräulein, mit Ihnen kann man plaudern, das hat mir der Lulu schon g'sagt, und das ist's, was man selten find't.

SCHAUSPIELERIN. Nun freilich, in Ungarn.

GRAF. Aber in Wien grad so! Die Menschen sind überall dieselben; da wo mehr sind, ist halt das Gedräng größer, das ist der ganze Unterschied. Sagen S', Fräulein, haben Sie die Menschen eigentlich gern?

SCHAUSPIELERIN. Gern –? Ich hasse sie! Ich kann keine sehn! Ich seh auch nie jemanden. Ich bin immer allein, dieses Haus betritt niemand.

GRAF. Sehn S', das hab ich mir gedacht, dass Sie eigentlich eine Menschenfeindin sind. Bei der Kunst muss das oft vorkommen.

Wenn man so in den höheren Regionen … na, Sie haben's gut, Sie wissen doch wenigstens, warum Sie leben!

SCHAUSPIELERIN. Wer sagt Ihnen das? Ich habe keine Ahnung, wozu ich lebe!

GRAF. Ich bitt Sie, Fräulein – berühmt – gefeiert –

SCHAUSPIELERIN. Ist das vielleicht ein Glück?

GRAF. Glück? Bitt Sie, Fräulein, Glück gibt's nicht. Überhaupt gerade die Sachen, von denen am meisten g'red't wird, gibt's nicht … z. B. Liebe. Das ist auch so was.

SCHAUSPIELERIN. Da haben Sie wohl recht.

GRAF. Genuss … Rausch … also gut, da lässt sich nichts sagen … das ist was Sicheres. Jetzt genieße ich … gut, weiß ich, ich genieß. Oder ich bin berauscht, schön. Das ist auch sicher. Und ist's vorbei, so ist es halt vorbei.

SCHAUSPIELERIN (*groß*). Es ist vorbei!

GRAF. Aber sobald man sich nicht, wie soll ich mich denn ausdrücken, sobald man sich nicht dem Moment hingibt, also an später denkt oder an früher … na, ist es doch gleich aus. Später … ist traurig … früher ist ungewiss … mit einem Wort … man wird nur konfus. Hab ich nicht recht?

SCHAUSPIELERIN (*nickt mit großen Augen*). Sie haben wohl den Sinn erfasst.

GRAF. Und sehen S', Fräulein, wenn einem das einmal klar geworden ist, ist's ganz egal, ob man in Wien lebt oder in der Puszta oder in Steinamanger. Schaun S' zum Beispiel … wo darf ich denn die Kappen hinlegen? So, ich dank schön …, wovon haben wir denn nur gesprochen?

SCHAUSPIELERIN. Von Steinamanger.

GRAF. Richtig. Also wie ich sag, der Unterschied ist nicht groß. Ob ich am Abend im Kasino sitz oder im Klub, ist doch alles eins.

SCHAUSPIELERIN. Und wie verhält sich denn das mit der Liebe?

GRAF. Wenn man dran glaubt, ist immer eine da, die einen gern hat.

SCHAUSPIELERIN. Zum Beispiel das Fräulein Birken.

GRAF. Ich weiß wirklich nicht, Fräulein, warum Sie immer auf die kleine Birken zu reden kommen.

SCHAUSPIELERIN. Das ist doch Ihre Geliebte.

GRAF. Wer sagt denn das?

SCHAUSPIELERIN. Jeder Mensch weiß das.

GRAF. Nur ich nicht, es ist merkwürdig.

SCHAUSPIELERIN. Sie haben doch ihretwegen ein Duell gehabt!

GRAF. – Vielleicht bin ich sogar totgeschossen worden und hab's gar nicht bemerkt.

SCHAUSPIELERIN. Nun, Herr Graf, Sie sind ein Ehrenmann. Setzen Sie sich näher.

GRAF. Bin so frei.

SCHAUSPIELERIN. Hierher. (*Sie zieht ihn an sich, fährt ihm mit der Hand durch die Haare.*) Ich hab gewusst, dass Sie heute kommen werden!

GRAF. Wieso denn?

SCHAUSPIELERIN. Ich hab es bereits gestern im Theater gewusst.

GRAF. Haben Sie mich denn von der Bühne aus gesehen?

SCHAUSPIELERIN. Aber Mann! Haben Sie denn nicht bemerkt, dass ich nur für Sie spiele?

GRAF. Wie ist das denn möglich?

SCHAUSPIELERIN. Ich bin ja so geflogen, wie ich Sie in der ersten Reihe sitzen sah!

GRAF. Geflogen? Meinetwegen? Ich hab keine Ahnung gehabt, dass Sie mich bemerken!

SCHAUSPIELERIN. Sie können einen auch mit Ihrer Vornehmheit zur Verzweiflung bringen.

GRAF. Ja, Fräulein …

SCHAUSPIELERIN. „Ja, Fräulein"! … So schnallen Sie doch wenigstens Ihren Säbel ab!

GRAF. Wenn es erlaubt ist. (*Schnallt ihn ab, lehnt ihn ans Bett.*)

SCHAUSPIELERIN. Und gib mir endlich einen Kuss.

GRAF (*küsst sie, sie lässt ihn nicht los*).

SCHAUSPIELERIN. Dich hätte ich auch lieber nie erblicken sollen.

GRAF. Es ist doch besser so –

SCHAUSPIELERIN. Herr Graf, Sie sind ein Poseur!

GRAF. Ich – warum denn?

SCHAUSPIELERIN. Was glauben Sie, wie glücklich wär mancher, wenn er an Ihrer Stelle sein dürfte!

GRAF. Ich bin sehr glücklich.

SCHAUSPIELERIN. Nun, ich dachte, es gibt kein Glück. Wie schaust du mich denn an? Ich glaube, Sie haben Angst vor mir, Herr Graf!

GRAF. Ich sag's ja, Fräulein, Sie sind ein Problem.

SCHAUSPIELERIN. Ach, lass du mich in Frieden mit der Philosophie … komm zu mir. Und jetzt bitt mich um irgendwas … du kannst alles haben, was du willst. Du bist zu schön.

GRAF. Also, ich bitte um die Erlaubnis (*Ihre Hand küssend*), dass ich heute abends wiederkommen darf.

SCHAUSPIELERIN. Heut Abend … ich spiele ja.

GRAF. Nach dem Theater.

SCHAUSPIELERIN. Um was anderes bittest du nicht?

GRAF. Um alles andere werde ich nach dem Theater bitten.

SCHAUSPIELERIN (*verletzt*). Da kannst du lange bitten, du elender Poseur.

GRAF. Ja, schauen Sie, oder schau, wir sind doch bis jetzt so aufrichtig miteinander gewesen ... Ich fände das alles viel schöner am Abend nach dem Theater ... gemütlicher als jetzt, wo ... ich hab immer so die Empfindung, als könnte die Tür aufgehn ...

SCHAUSPIELERIN. Die geht nicht von außen auf.

GRAF. Schau, ich find, man soll sich nicht leichtsinnig von vornherein was verderben, was möglicherweise sehr schön sein könnte.

SCHAUSPIELERIN. Möglicherweise! ...

GRAF. In der Früh, wenn ich die Wahrheit sagen soll, find ich die Liebe grässlich.

SCHAUSPIELERIN. Nun – du bist wohl das Irrsinnigste, was mir je vorgekommen ist!

GRAF. Ich red ja nicht von beliebigen Frauenzimmern ... schließlich im Allgemeinen ist's ja egal. Aber Frauen wie du ... nein, du kannst mich hundertmal einen Narren heißen. Aber Frauen wie du ... nimmt man nicht vor dem Frühstück zu sich. Und so ... weißt ... so ...

SCHAUSPIELERIN. Gott, was bist du süß!

GRAF. Siehst du das ein, was ich g'sagt hab, nicht wahr. Ich stell mir das so vor –

SCHAUSPIELERIN. Nun, wie stellst du dir das vor?

GRAF. Ich denk mir ... ich wart nach dem Theater auf dich in ein' Wagen, dann fahren wir zusammen also irgendwohin soupieren –

SCHAUSPIELERIN. Ich bin nicht das Fräulein Birken.

GRAF. Das hab ich ja nicht gesagt. Ich find nur, zu allem g'hört Stimmung. Ich komm immer erst beim Souper in Stimmung. Das ist dann das Schönste, wenn man so vom Souper zusamm' nach Haus fahrt, dann ...

SCHAUSPIELERIN. Was ist *dann*?

GRAF. Also dann ... liegt das in der Entwicklung der Dinge.

SCHAUSPIELERIN. Setz dich doch näher. Näher.

GRAF (*sich aufs Bett setzend*). Ich muss schon sagen, aus den Polstern kommt so ein ... Reseda ist das – nicht?

SCHAUSPIELERIN. Es ist sehr heiß hier, findest du nicht?

GRAF (*neigt sich und küsst ihren Hals*).

SCHAUSPIELERIN. Oh, Herr Graf, das ist ja gegen Ihr Programm.

GRAF. Wer sagt denn das? Ich hab kein Programm.
SCHAUSPIELERIN (*zieht ihn an sich*).
GRAF. Es ist wirklich heiß.
SCHAUSPIELERIN. Findest du? Und so dunkel, wie wenn's Abend wär … (*Reißt ihn an sich.*) Es ist Abend … es ist Nacht … Mach die Augen zu, wenn's dir zu licht ist. Komm! … Komm! …
GRAF (*wehrt sich nicht mehr*).

––– ––– ––– ––– ––– ––– ––– ––– ––– ––– –––

SCHAUSPIELERIN. Nun, wie ist das jetzt mit der Stimmung, du Poseur?
GRAF. Du bist ein kleiner Teufel.
SCHAUSPIELERIN. Was ist das für ein Ausdruck?
GRAF. Na, also ein Engel.
SCHAUSPIELERIN. Und du hättest Schauspieler werden sollen! Wahrhaftig! Du kennst die Frauen! Und weißt du, was ich jetzt tun werde?
GRAF. Nun?
SCHAUSPIELERIN. Ich werde dir sagen, dass ich dich nie wiedersehen will.
GRAF. Warum denn?
SCHAUSPIELERIN. Nein, nein. Du bist mir zu gefährlich! Du machst ja ein Weib toll. Jetzt stehst du plötzlich vor mir, als wär nichts geschehn.
GRAF. Aber …
SCHAUSPIELERIN. Ich bitte sich zu erinnern, Herr Graf, ich bin soeben Ihre Geliebte gewesen.
GRAF. Ich werd's nie vergessen!
SCHAUSPIELERIN. Und wie ist das mit heute Abend?
GRAF. Wie meinst du das?
SCHAUSPIELERIN. Nun – du wolltest mich ja nach dem Theater erwarten?
GRAF. Ja, also gut, zum Beispiel übermorgen.
SCHAUSPIELERIN. Was heißt das, übermorgen? Es war doch von heute die Rede.
GRAF. Das hätte keinen rechten Sinn.
SCHAUSPIELERIN. Du Greis!
GRAF. Du verstehst mich nicht recht. Ich mein das mehr, was, wie soll ich mich ausdrücken, was die Seele anbelangt.
SCHAUSPIELERIN. Was geht mich deine Seele an?
GRAF. Glaub mir, sie gehört mit dazu. Ich halte das für eine falsche Ansicht, dass man das so voneinander trennen kann.
SCHAUSPIELERIN. Lass mich mit deiner Philosophie in Frieden. Wenn ich das haben will, lese ich Bücher.

GRAF. Aus Büchern lernt man ja doch nie.

SCHAUSPIELERIN. Das ist wohl wahr! Drum sollst du mich heut Abend erwarten. Wegen der Seele werden wir uns schon einigen, du Schurke!

GRAF. Also wenn du erlaubst, so werde ich mit meinem Wagen …

SCHAUSPIELERIN. Hier in meiner Wohnung wirst du mich erwarten –

GRAF. … Nach dem Theater.

SCHAUSPIELERIN. Natürlich.

Er schnallt den Säbel um.

SCHAUSPIELERIN. Was machst du denn da?

GRAF. Ich denke, es ist Zeit, dass ich geh. Für einen Anstandsbesuch bin ich doch eigentlich schon ein bissel lang geblieben.

SCHAUSPIELERIN. Nun, heut Abend soll es kein Anstandsbesuch werden.

GRAF. Glaubst du?

SCHAUSPIELERIN. Dafür lass nur mich sorgen. Und jetzt gib mir noch einen Kuss, mein kleiner Philosoph. So, du Verführer, du … süßes Kind, du Seelenverkäufer, du Iltis … du … (*Nachdem sie ihn ein paarmal heftig geküsst, stößt sie ihn heftig von sich.*) Herr Graf, es war mir eine große Ehre!

GRAF. Ich küss die Hand, Fräulein! (*Bei der Tür.*) Auf Wiederschaun.

SCHAUSPIELERIN. Adieu, Steinamanger!

DER GRAF UND DIE DIRNE

Morgen, gegen sechs Uhr.

Ein ärmliches Zimmer; einfenstrig, die gelblich-schmutzigen Rouletten sind heruntergelassen. Verschlissene grünliche Vorhänge. Eine Kommode, auf der ein paar Fotografien stehen und ein auffallend geschmackloser, billiger Damenhut liegt. Hinter dem Spiegel billige japanische Fächer. Auf dem Tisch, der mit einem rötlichen Schutztuch überzogen ist, steht eine Petroleumlampe, die schwach brenzlich brennt; papierener, gelber Lampenschirm, daneben ein Krug, in dem ein Rest von Bier ist, und ein halb geleertes Glas. Auf dem Boden neben dem Bett liegen unordentlich Frauenkleider, als wenn sie eben rasch abgeworfen worden wären. Im Bett liegt schlafend die Dirne; sie atmet ruhig. – Auf dem Diwan, völlig angekleidet, liegt der Graf, im Drapp-Überzieher; der Hut liegt zu Häupten des Diwans auf dem Boden.

GRAF (*bewegt sich, reibt die Augen, erhebt sich rasch, bleibt sitzen, schaut um sich*). Ja, wie bin ich denn … Ah so … Also bin ich richtig mit dem Frauenzimmer nach Haus … (*Er steht rasch auf, sieht ihr Bett.*) Da liegt s' ja … Was einem noch alles in meinem Alter passieren kann. Ich hab keine Idee, haben s' mich da heraufgetragen? Nein … ich hab ja gesehn – ich komm in das Zimmer … ja … da bin ich noch wach gewesen oder wach worden … oder … oder ist vielleicht nur, dass mich das Zimmer an was erinnert? … Meiner Seel, na ja … gestern hab ich's halt g'sehn … (*Sieht auf die Uhr.*) was! Gestern, vor ein paar Stunden – Aber ich hab's g'wusst, dass was passieren muss … ich hab's g'spürt … wie ich ang'fangen hab zu trinken gestern, hab ich's g'spürt, dass … Und was ist denn passiert? … Also nichts … Oder ist was …? Meiner Seel … seit … also seit zehn Jahren ist mir so was nicht vorkommen, dass ich nicht weiß … Also kurz und gut, ich war halt b'soffen. Wenn ich nur wüsst, von wann an … Also, das weiß ich noch ganz genau, wie ich in das Hurenkaffeehaus hinein bin mit dem Lulu und … nein, nein … vom Sacher sind wir ja noch weg'gangen … und dann auf dem Weg ist schon … ja richtig, ich bin ja in meinem Wagen g'fahren mit'm Lulu … Was zerbrich ich mir denn viel den Kopf. Ist ja egal. Schaun wir, dass wir weiterkommen. (*Steht auf. Die Lampe wackelt.*) Oh! (*Sieht auf die Schlafende.*) Die hat halt einen g'sunden Schlaf. Ich weiß zwar von gar nix – aber ich werd ihr's Geld aufs Nachtkastel legen … und Servus … (*Er steht vor ihr, sieht sie lange an.*) Wenn man nicht wüsst, was sie ist! (*Betrachtet sie lang.*) Ich hab viel 'kennt, die haben nicht einmal im Schlafen so tugendhaft ausg'sehn. Meiner Seel … also der Lulu möcht wieder sagen, ich philosophier, aber es ist wahr, der Schlaf macht auch schon gleich, kommt mir vor; – wie der Herr Bruder, also der Tod … Hm, ich möcht nur wissen, ob … Nein, daran müsst ich mich ja erinnern … Nein, nein, ich bin gleich da auf den Diwan herg'fallen und nichts is g'schehn … Es ist unglaublich, wie sich manchmal alle Weiber ähnlich schauen … Na gehn wir. (*Er will gehen.*) Ja richtig. (*Er nimmt die Brieftasche und ist eben daran, eine Banknote herauszunehmen.*)

DIRNE (*wacht auf*). Na … wer ist denn in aller Früh –? (*Erkennt ihn*). Servus, Bubi!

GRAF. Guten Morgen. Hast gut g'schlafen?

DIRNE (*reckt sich*). Ah, komm her. Pussi geben.

GRAF (*beugt sich zu ihr herab, besinnt sich, wieder fort*). Ich hab grad fortgehen wollen …

DIRNE. Fortgehn?

GRAF. Es ist wirklich die höchste Zeit.

DIRNE. So willst du fortgehn?

GRAF (*fast verlegen*). So …

DIRNE. Na, Servus; kommst halt ein anderes Mal.

GRAF. Ja, grüß dich Gott. Na, willst nicht das Handerl geben?

DIRNE (*gibt die Hand aus der Decke hervor*).

GRAF (*nimmt die Hand und küsst sie mechanisch, bemerkt es, lacht*). Wie einer Prinzessin. Übrigens, wenn man nur …

DIRNE. Was schaust mich denn so an?

GRAF. Wenn man nur das Kopferl sieht, wie jetzt … beim Aufwachen sieht doch eine jede unschuldig aus … meiner Seel, alles Mögliche könnt man sich einbilden, wenn's nicht so nach Petroleum stinken möcht …

DIRNE. Ja, mit der Lampen ist immer ein G'frett.

GRAF. Wie alt bist denn eigentlich?

DIRNE. Na, was glaubst?

GRAF. Vierundzwanzig.

DIRNE. Ja freilich.

GRAF. Bist schon älter?

DIRNE. Ins zwanzigste geh i.

GRAF. Und wie lang bist du schon …

DIRNE. Bei dem G'schäft bin i ein Jahr!

GRAF. Da hast du aber früh ang'fangen.

DIRNE. Besser zu früh als zu spät.

GRAF (*setzt sich aufs Bett*). Sag mir einmal, bist du eigentlich glücklich?

DIRNE. Was?

GRAF. Also ich mein, geht's dir gut?

DIRNE. Oh, mir geht's alleweil gut.

GRAF. So … Sag, ist dir noch nie eing'fallen, dass du was anderes werden könntest?

DIRNE. Was soll i denn werden?

GRAF. Also … Du bist doch wirklich ein hübsches Mädel. Du könntest doch z. B. einen Geliebten haben.

DIRNE. Meinst vielleicht, ich hab kein?

GRAF. Ja, das weiß ich – ich mein aber einen, weißt, e i n e n, der dich aushalt, dass du nicht mit einem jeden zu gehn brauchst.

DIRNE. I geh auch nicht mit ein' jeden. Gott sei Dank, das hab i net notwendig, ich such mir's schon aus.

GRAF (*sieht sich im Zimmer um*).

DIRNE (*bemerkt das*). Im nächsten Monat ziehn wir in die Stadt, in die Spiegelgasse.

GRAF. Wir? Wer denn?

DIRNE. Na, die Frau und die paar anderen Mädeln, die noch da wohnen.

GRAF. Da wohnen noch solche –

DIRNE. Da daneben ... hörst net ... das ist die Milli, die auch im Kaffeehaus g'wesen ist.

GRAF. Da schnarcht wer.

DIRNE. Das ist schon die Milli, die schnarcht jetzt weiter 'n ganzen Tag bis um zehn auf d' Nacht. Dann steht s' auf und geht ins Kaffeehaus.

GRAF. Das ist doch ein schauderhaftes Leben.

DIRNE. Freilich. Die Frau gift' sich auch genug. Ich bin schon um zwölfe Mittag immer auf der Gassen.

GRAF. Was machst denn um zwölf auf der Gassen?

DIRNE. Was werd ich denn machen? Auf den Strich geh ich halt.

GRAF. Ah so ... natürlich ... (*Steht auf, nimmt die Brieftasche heraus, legt ihr eine Banknote auf das Nachtkastel*) Adieu!

DIRNE. Gehst schon ... Servus ... Komm bald wieder. (*Legt sich auf die Seite.*)

GRAF (*bleibt wieder stehen*). Du, sag einmal, dir ist schon alles egal – was?

DIRNE. Was?

GRAF. Ich mein, dir macht's gar keine Freud mehr.

DIRNE (*gähnt*). Ein Schlaf hab ich.

GRAF. Dir ist alles eins, ob einer jung ist oder alt, oder ob einer ...

DIRNE. Was fragst denn?

GRAF. ... Also (*Plötzlich auf etwas kommend.*) meiner Seel, jetzt weiß ich, an wen du mich erinnerst, das ist ...

DIRNE. Schau i wem gleich?

GRAF. Unglaublich, unglaublich, jetzt bitt ich dich aber sehr, red gar nichts, eine Minute wenigstens ... (*Schaut sie an.*) ganz dasselbe G'sicht, ganz dasselbe G'sicht. (*Er küsst sie plötzlich auf die Augen.*)

DIRNE. Na ...

GRAF. Meiner Seel, es ist schad, dass du ... nichts andres bist ... Du könnt'st a dein Glück machen!

DIRNE. Du bist grad wie der Franz.

GRAF. Wer ist Franz?

DIRNE. Na, der Kellner von unserm Kaffeehaus ...

GRAF. Wieso bin ich grad so wie der Franz?

DIRNE. Der sagt auch alleweil, ich könnt mein Glück machen, und ich soll ihn heiraten.

GRAF. Warum tust du's nicht?

DIRNE. Ich dank schön ... ich möcht nicht heiraten, nein, um keinen Preis. Später einmal vielleicht.

GRAF. Die Augen ... ganz die Augen ... Der Lulu möcht sicher sagen, ich bin ein Narr – aber ich will dir noch einmal die Augen küssen ... so ... und jetzt grüß dich Gott, jetzt geh ich.

DIRNE. Servus ...

GRAF (*bei der Tür*). Du ... sag ... wundert dich das gar nicht ...

DIRNE. Was denn?

GRAF. Dass ich nichts von dir will.

DIRNE. Es gibt viel Männer, die in der Früh nicht aufgelegt sind.

GRAF. Naja ... (*Für sich.*) Zu dumm, dass ich will, sie soll sich wundern ... Also Servus ... (*Er ist bei der Tür.*) Eigentlich ärger ich mich. Ich weiß doch, dass es solchen Frauenzimmern nur aufs Geld ankommt ... was sag ich – solchen ... es ist schön ... dass sie sich wenigstens nicht verstellt, das sollte einen eher freuen ... Du – weißt, ich komm nächstens wieder zu dir.

DIRNE (*mit geschlossenen Augen*). Gut.

GRAF. Wann bist du immer zu Haus?

DIRNE. Ich bin immer zu Haus. Brauchst nur nach der Leocadia zu fragen.

GRAF. Leocadia ... Schön – Also grüß dich Gott. (*Bei der Tür.*) Ich hab doch noch immer den Wein im Kopf. Also das ist doch das Höchste ... ich bin bei so einer und hab nichts getan, als ihr die Augen geküsst, weil sie mich an wen erinnert hat ... (*Wendet sich zu ihr.*) Du, Leocadie, passiert dir das öfter, dass man so weggeht von dir?

DIRNE. Wie denn?

GRAF. So wie ich?

DIRNE. In der Früh?

GRAF. Nein ... ob schon manchmal wer bei dir war – und nichts von dir wollen hat?

DIRNE. Nein, das ist mir noch nie g'schehn.

GRAF. Also, was meinst denn? Glaubst, du g'fallst mir nicht?

DIRNE. Warum soll ich dir denn nicht g'fallen? Bei der Nacht hab ich dir schon g'fallen.

GRAF. Du g'fallst mir auch jetzt.

DIRNE. Aber bei der Nacht hab ich dir besser g'fallen.

GRAF. Warum glaubst du das?

DIRNE. Na, was fragst denn so dumm?

GRAF. Bei der Nacht ... Ja, sag, bin ich denn nicht gleich am Diwan hing'fallen?

DIRNE. Na freilich ... mit mir zusammen.

GRAF. Mit dir?

DIRNE. Ja, weißt denn du das nimmer?

GRAF. Ich hab … wir sind zusammen … ja …

DIRNE. Aber gleich bist eing'schlafen.

GRAF. Gleich bin ich … So … Also so war das! …

DIRNE. Ja, Bubi. Du musst aber ein' ordentlichen Rausch g'habt haben, dass dich nimmer erinnerst.

GRAF. So … – Und doch … es ist eine entfernte Ähnlichkeit … Servus … (*Lauscht.*) Was ist denn los?

DIRNE. Das Stubenmädl ist schon auf. Geh, gib ihr was beim Hinausgehn. Das Tor ist auch offen, ersparst den Hausmeister.

GRAF. Ja. (*Im Vorzimmer.*) Also … Es wär doch schön gewesen, wenn ich sie nur auf die Augen geküsst hätt. Das wäre beinahe ein Abenteuer gewesen … Es war mir halt nicht bestimmt. (*Das Stubenmädel steht da, öffnet die Tür.*) Ah – da haben S' … Gute Nacht. –

STUBENMÄDCHEN. Guten Morgen.

GRAF. Ja freilich … guten Morgen … guten Morgen.

NACHWORT

Schnitzlers Autobiografie *Jugend in Wien* offenbart deutliche Parallelen im Erleben und Verhalten bei dem Dichter und seinen Figuren; z. B. „mein Mißtrauen in Liebesdingen war universell. Treue zwischen zwei Liebes- oder gar Eheleuten vermochte ich bestenfalls als einen glücklichen Zufall aufzufassen". Seine Einstellung hält Schnitzler nicht davon ab, 1903 die 21-jährige Schauspielerin Olga Gussmann zu heiraten; der gemeinsame Sohn Heinrich ist bereits ein Jahr alt. 1921 kommt es zur Scheidung. Schnitzler erzieht Heinrich und die 1909 geborene Lili allein. Die von ihm besonders geliebte Tochter nimmt sich 1928 das Leben. Nicht erst nach dem gescheiterten Versuch, ein Familienleben zu führen, ist der Autor besessen vom Sex. Diese Disposition bildet den Nährboden besonders für ein Stück, in dem es sich – zumindest auf der Handlungsebene – fast ausschließlich um Sexualität dreht.

Schnitzler schreibt den *Reigen* in der Zeit vom 23. November 1896 (Tagebucheintrag: „Einen Hemicyclus von zehn Dialogen begonnen.") bis zum 24. Februar 1897 („*Liebesreigen* beendet."). Nachdem zunächst nur ein selbst finanzierter Privatdruck mit dem Vermerk „Als unverkäufliches Manuscript gedruckt" in einer Auflage von 200 Exemplaren vorliegt, die der Dichter seinen Freundinnen und Freunden schenkt – Hofmannsthal reagiert mit der Bezeichnung „Schmutzfink" –, erscheint 1903 die eigentliche Buchausgabe. Schnitzlers Tagebucheintrag vom 6. April 1903 verdeutlicht ansatzweise die Welle der Empörung, mit der auf sein Drama reagiert wird: „Allgemein Entrüstung über Reigen; Verlogenheit; Feigheit. Ärger." Im April telegrafiert sogar Freud nach Gmunden, wohin Schnitzler sich mit der ausdrücklichen Bitte zurückgezogen hatte, ihm keinerlei Kritiken zum *Reigen* zu senden, dass in der *Deutschen Zeitung* ein „wüthender Angriff" auf das Stück zu lesen sei. Trotzdem gibt es bereits gegen Ende des Jahres erste Übersetzungen (Französisch, Ungarisch, Polnisch). Im Juli 1903 hat das Buch die achte Auflage erreicht; 1904 wird es jedoch in Deutschland verboten.

Ähnlich turbulent gestaltet sich die Aufführungsgeschichte des Dramas: Schon am 25. Juli 1903 werden Ausschnitte in München inszeniert; in der Folge muss der Akademische Dramatische Verein München aufgelöst werden. Wenige Stunden vor der Berliner Premiere (1920) wird den Direktoren des Kleinen Schauspielhauses sechs Wochen Haft angedroht, sollte das Stück zur Aufführung kommen. Die Premiere findet allen Widerständen zum Trotz statt; ein Gericht hebt nachträglich das Verbot auf. Einen Monat später kommt es jedoch zu Ausschreitungen: Im Vorfeld sind Protestformulare kursiert, im Theater gibt es eine Saalschlacht, Stinkbomben werden geworfen. Auch in Wien kommen 1921 Stinkbomben zum Einsatz, Demonstranten stürmen die Kammerspiele, Inventar wird zertrümmert, bis Bühnenarbeiter mit Feuerwehrschläuchen den Tumult beenden. Vom 5. bis 18. November 1921 findet in Berlin der „Reigen-Prozess" gegen Direktoren, Regisseur und Darstellende statt, der jedoch mit Freisprüchen endet. Um den andauernden Schwierigkeiten entgegenzuwirken, verfügt Schnitzler 1922 ein Aufführungsverbot, welches sein Sohn später bis zum 1. Januar 1982 verlängert.

Bereits 25 Minuten nach Ablauf dieser Frist – in der Silvesternacht 1981/82 um 0.25 Uhr – öffnet sich in Basel der Vorhang für das Stück wieder. Heute gehört Schnitzler zu den meistgespielten Dramatikern auf deutschen Bühnen.

Der *Reigen* ist in einen umfangreichen editorischen Kontext eingebunden. Ähnlich denkende, fühlende, handelnde und erlebende Figuren begegnen uns bei Schnitzler immer wieder, so z. B. im *Anatol*, einem Zyklus aus sieben Einaktern von 1893, in dem Anatol feststellt: „Ihr seid ja alle so typisch! […] Es ist ja nichts Beleidigendes – durchaus nicht! – Ich bin ja auch ein Typus!" Hier unterscheidet sich Anatol von den Figuren des *Reigen* lediglich durch seine punktuell bzw. graduell weiterreichende Selbsterkenntnis. Über eine „Liebes"-Beziehung heißt es im *Anatol*: „Das Episodenhafte der Geschichte kam mir so deutlich zum Bewusstsein. Während ich den warmen Hauch ihres Mundes auf meiner Hand fühlte, erlebte ich das Ganze schon in der Erinnerung. Es war eigentlich schon vorüber." Und zur (Un-)Aufrichtigkeit in Beziehungen stellt die Titelfigur fest: „Sie [die Frauen] lügen nicht einmal so oft, als wir glauben … die Wahrheiten wechseln nur für sie mit jeder Minute …" Schnitzler zeigt uns also in seinem Werk vergleichbare Typen in übereinstimmenden Lebensumständen und -konflikten.

Wer den *Reigen* sieht oder liest, mag sich fragen: Warum handeln die Figuren so? Warum sind sie derart getrieben-nervös? Vielleicht hilft eine Einschätzung Freuds, der an Schnitzler schreibt: „ich habe immer wieder, wenn ich mich in Ihre Schöpfungen vertiefe, hinter deren poetischem Schein die nämlichen Voraussetzungen, Interessen und Ergebnisse zu finden geglaubt, die mir als die eigenen bekannt waren. Ihr Determinismus wie Ihre Skepsis – was die Leute Pessimismus heißen –, Ihr Ergriffensein von den Wahrheiten des Unbewussten, von der Triebnatur des Menschen, Ihre Zersetzung der kulturell-konventionellen Sicherheiten, das Haften Ihrer Gedanken an der Polarität von Lieben und Sterben, das alles berührte mich mit einer unheimlichen Vertrautheit." Freud zeigt: Diese Figuren können nicht anders. In Schnitzlers Erzählung *Der Sohn* von 1892 heißt es schließlich: „Es ist noch lange nicht klar genug, wie wenig wir wollen dürfen und wie viel wir müssen." Ist dieser Determinismus nicht auch im *Reigen* zu erkennen?

Trotz wechselndem Ambiente (vom Donauufer über das Dichterzimmer bis ins Bordell) zeigt uns der *Reigen* immer gleiche Episoden, in denen die Figuren (a+b, b+c, c+d, d+e, e+f, f+g, g+h, h+i, i+j, j+a) nach immer gleichen Verhaltensmustern agieren. Die Handelnden sind austauschbar, ebenso denkbar wären z. B. die Paare b+e, c+f oder x+y; weder gelangen sie zu brauchbaren Erkenntnissen noch findet irgendeine Entwicklung statt. Egal welcher sozialen Schicht die Akteure zuzuordnen sind, alle bleiben gefangen in der gleichen Tristesse und Monotonie. Vielleicht sind sie deshalb auf der Suche nach sogenannten erotischen Abenteuern. Ein schlechtes Gewissen haben sie dabei kaum; es mag latent vorhanden sein, bleibt jedoch meist diffus oder vorgespielt. An moralische Ge- oder Verbote, an Tugenden fühlt sich niemand gebunden; das Über-Ich versagt. Auch die Intuition lässt die Figuren im Stich: Sie können nicht spüren, dass sie immer wieder in Sackgassen geraten, weil ihre Gefühlsarmut und -kälte sie längst abgestumpft und zur Sprachlosigkeit genötigt hat. Gefühle und Empathie sind abhanden gekommen und haben der Eitelkeit Platz gemacht. Alle lassen sich unbewusst und unreflektiert treiben; Oberflächlichkeit und Unverbindlichkeit herrschen; alles ist beliebig und austauschbar; nicht einmal Namen spielen noch eine Rolle. Lediglich eine Sehnsucht ist geblieben, jedoch eine nach etwas völlig Unbestimmtem. Sie treibt die Figuren an, die stets in der Angst leben, irgendetwas versäumen zu können. Einsichten werden zugunsten von Lügen und Täuschungen verdrängt. Die Personen belügen und betrügen andere wie sich selbst; oft glauben sie sogar an ihre eigenen (Lebens-)Lügen. Schließlich wird es völlig gleichgültig, was man sagt, denkt, fühlt, tut, lässt, glaubt und wie man lebt. Vergangenheit und Zukunft haben keine Bedeutung – ebenso wenig wie die Gegenwart. Werte haben ihre Gültigkeit verloren. Was bleibt, sind Enttäuschung, Illusionslosigkeit, Entfremdung vom anderen wie von sich selbst und letztlich tiefe Einsamkeit. Sinnlosigkeit herrscht. Die Dialoganalyse zeigt: Es wird lediglich geplaudert, Fragen bleiben unbeantwortet, Andeutungen stehen im Raum, Formeln sagen nichts, Akteure verstummen, (ver-)schweigen. Diese Sprachskepsis ist Ausdruck eines weltanschaulichen Skeptizismus – typisch für Schnitzler und seine Figuren.

Schnitzlers Komödie, die viel eher eine Tragödie ist, entstammt der Fin-de-Siècle-Zeit (etwa 1870–1900), die Hugo von Hofmannsthal folgendermaßen skizziert: „der Becher, den das Leben uns hinhält, hat einen Sprung, und während uns der volle Trunk vielleicht berauscht hätte, muss ewig fehlen, was während des Trinkens unten rieselnd verloren geht; so empfinden wir im Besitz den Verlust, im Erleben das stete Versäumen". Texte aus dieser Literaturströmung können heute tiefe Identifikationsmöglichkeiten bieten. Am Beispiel des *Reigen* wird das ganz offensichtlich: In den Mikrokosmen der Vereinigungsszenen (a+b bis j+a) spiegelt sich der gesellschaftliche Makrokosmos (Wien um 1900). Und was hat sich nach einem Jahrhundert verändert? Inwieweit ist die/der Einzelne bedauernswertes Opfer vorgefundener Lebensbedingungen, inwieweit für das eigene Verhalten verantwortlich? Wird sich der Reigen der Sinnlosigkeit immer weiter drehen? Diese (gesellschafts-)kritische Dimension begründet die Zeitlosigkeit und Brisanz des Stückes.

Wer sich über die Zeit informieren möchte, in der der *Reigen* geschrieben wurde, sei verwiesen auf Stefan Zweigs Autobiografie *Die Welt von gestern*.

Ein ganz wesentliches Interpretationsinstrument für Schnitzlers *Reigen* stellt die Freud'sche Psychoanalyse dar (vgl. *Freuds Psychoanalyse – konkret*. Militzke, 2009).

ZEITTAFEL ZU ARTHUR SCHNITZLER

15. 5. 1862	Geburt Arthur Schnitzlers in Wien als ältester Sohn des jüdischen Arztes Johann Schnitzler und seiner Frau Louise
1871–1879	Besuch des Akademischen Gymnasiums in Wien
1880	Das *Liebeslied der Ballerine* erscheint in der Zeitschrift „Der freie Landbote" als Schnitzlers erste literarische Veröffentlichung
1885	Abschluss des Medizinstudiums mit der Promotion
1885–1888	Assistent und Sekundararzt im Wiener Allgemeinen Krankenhaus
1888–1893	Assistent des Vaters an der Poliklinik
ab 1890	Teilnahme am Literatenzirkel „Jung-Wien" um Hermann Bahr
	Mitarbeit an der medizinischen Wochenzeitschrift seines Vaters „Internationale klinische Rundschau"
	Eröffnung einer Privatpraxis; die Einakterreihe *Anatol* erscheint (Uraufführung in Wien 1910)
1894	Aufgabe der Arztpraxis; die Novelle *Sterben* erscheint
1895	Uraufführung des Schauspiels *Liebelei*, des größten Bühnenerfolgs Schnitzlers
1898	*Das Vermächtnis* (Drama)
1899	*Der grüne Kakadu* (Groteske); Novelle *Der Sohn*
1900	*Leutnant Gustl* erscheint in der Weihnachtsnummer der „Neuen freien Presse"
	Reigen. Zehn Dialoge erscheint im Privatdruck
1901	*Frau Berta Garlan* (Erzählung)
1903	Erscheinen der Buchausgabe des *Reigen*, der erst 1920 in Berlin uraufgeführt wurde; das Schauspiel *Der einsame Weg* erscheint
1904	Die Buchausgabe von *Reigen* wird in Deutschland verboten
1906	*Zwischenspiel* (Gesellschaftsstück)
1908	*Der Weg ins Freie* (Künstler- und Gesellschaftsroman)
1911	*Das weite Land* (Tragikomödie)
1912	*Professor Bernhardi* (Komödie), Uraufführung in Berlin (!)
1913	*Frau Beate und ihr Sohn* (Erzählung)
1914	Verfilmung von *Liebelei* in Dänemark
1917	*Doktor Gräsler, Badearzt* (Erzählung)
1918	*Casanovas Heimfahrt* (Erzählung)
1920	Uraufführung des vollständigen *Reigen* in Berlin
1924	*Fräulein Else*
1926	*Traumnovelle; Spiel im Morgengrauen* (Erzählung)
1928	*Therese. Chronik eines Frauenlebens* (Roman)
1931	Die Erzählung *Flucht in die Finsternis*, die bereits 1917 fertiggestellt war, erscheint
21.10. 1931	Schnitzler stirbt in Wien
posthum erschienen:	
1939	Aphorismen *Über Krieg und Frieden*
1998	*Jugend in Wien* (Autobiografie, Fragment)

ANMERKUNGEN

3 *Augartenbrücke*. Brücke über den Donaukanal, nördlich der Wiener Innenstadt
Zivilist. jemand, der nicht Soldat ist
4 *eifern*. hier: eifersüchtig sein
krall aufi. steh auf
Sechserl für'n Hausmeister. geringer Geldbetrag; wer nach der Sperrstunde in (s)eine Wohnung wollte, musste an den Hausmeister einen Sechserl zahlen; „Sperrsechserl" wurde zum feststehenden Begriff, auch wenn sich der Wert und später die Währung änderte
5 *Wurzen*. jemand, der sich ausnutzen lässt
Strizzi. Zuhälter, durchtriebener Bursche
Fallott. Gauner, Betrüger
Prater. Wiener Naturpark zwischen Innenstadt und Donau
Wurstelprater. Vergnügungspark im Prater
Fünfkreuzertanz. Vergnügen in Wirtshäusern der Wiener Vorstädte; pro Tanz zahlte man 5 Kreuzer, was der Hälfte des Preises für eine Semmel/ein Brötchen entsprach
Virginierzigarre. lange, dünne, schwere Zigarre
Swoboda. Tanzlokal im Prater
mollert. mollig = dicklich, rundlich
6 *Korporal*. niedrigster Dienstgrad eines Unteroffiziers
heis'rig. heiser
keck. respektlos, frech
7 *zugi*. zügig, schnell
auslassen. loslassen
8 *'draht*. von: gedreht = getanzt
Diwan. niedriges Liegesofa
9 *Roulette*. hier von: Rouleau = aufrollbarer Vorhang
Kabinett. kleines Zimmer
Schneckerln. schneckenförmig aufgerollte, über den Ohren festgesteckte Zöpfe
11 *alleweil*. immer
Guckerl. Guckloch in einer Tür; auch: Spion
12 *Überzieher*. Herrenmantel
Trumeau. Kommode
Fauteuil. bequemer Polstersessel mit Armlehnen
Schildkröt. (auch: Schildpatt) Platten aus dem Rückenschild von Schildkröten
13 *Portiere*. schwerer Türvorhang
tamburiert. bestickt
Stiege. Treppe
14 *Mantille*. um Kopf und Schultern getragener Spitzenschleier
16 *Souper*. festliches Abendessen (mit Gästen)
18 *Odilon*. Helene Odilon, Schauspielerin, ab 1891 in Wien
Stendhal. frz. Schriftsteller
Psychologie de l'amour. „Über die Liebe", 2 Bände, 1822
19 *Kavallerieoffizier*. Offizier bei der zu Pferd kämpfenden Truppe

Bramarbas. Angeber, Prahlhans, Aufschneider
désirée. (frz. désirer) erwünscht, begehrt
exceptionell. (heute: exzeptionell) außergewöhnlich
20 *Jänner.* Januar
Quadrille. von je vier Paaren im Viereck getanzter Tanz
21 *eruieren.* durch gründliche Untersuchungen herausfinden
Gilet. Weste
Sack. Tasche
Schuhknöpfler. Gerät zum Zuknöpfen von Schuhen
frivol. das sittliche Empfinden verletzend
22 *Kotillon.* (frz. Unterrock) Gesellschaftstanz, bei dem die Unterröcke der Damen sichtbar werden
24 *den Hof machen.* jmd. (besonders eine Frau) umwerben, sich um ihre Zuneigung bemühen
27 *Relief.* in der bildenden Kunst: aus einer Fläche herausgearbeitetes Bild; hier im übertragenen Sinn gemeint
29 *Cabinetparticulier.* wörtlich: Einzelzimmer; vgl. auch unten: Chambre séparée
Riedhof. Name eines Gasthauses
Oberssschaumbaiser. Obers = süße Sahne; Baiser = Schaumgebäck aus Eischnee und Zucker
Chambre séparée. kleiner Nebenraum in Restaurants für ungestörte (intime) Treffen
31 *heuer.* dieses Jahr
Malheur. Missgeschick
33 *Fratz.* niedliches Kind; aber auch: ungezogenes Kind
vis-à-vis. gegenüber
raunzen. schimpfen
34 *G'schau.* Gesichtsausdruck
Leutnant. niedrigster Dienstgrad der Offiziere
36 *sekkieren.* belästigen
38 *Store.* Vorhang
Pianino. kleines Klavier
39 *Weidling am Bach.* Ort nördlich von Wien
40 *Bedienerin.* Haushälterin
41 *Ja, beim Souper im Chambre séparée.* mehrere Lieder thematisierten damals diese Institution
ausnehmen. erkennen
43 *Cavalleria.* „Cavalleria rusticana“ („Sizilianische Bauernehre“) = eine Oper
Burgtheater. Wiener Theater; das größte deutschsprachige Sprechtheater; eine der ältesten und bedeutendsten europäischen Bühnen
heilige Einfalt. „du heilige Einfalt“ = Ausdruck der Betroffenheit über jemandes Naivität
Schnittwarenkommis. Gehilfe in einer Textilhandlung
45 *tummeln.* sich tummeln = sich beeilen
Vormund. jemand, der eine/n Minderjährige/n rechtlich vertritt
48 *Choristin.* Chorsängerin
52 *Dragonerrittmeister.* Anführer einer Reitertruppe des Militärs
unpässlich. nicht ganz wohl

53 *dinieren.* speisen
54 *transferieren.* hier: versetzen
Garnison. Truppenstandort
Rekrut. Soldat in der Grundausbildung
Remonte. Pferd in der Grundausbildung
Regiment. Truppeneinheit
fad. langweilig
55 *Puszta.* Landschaft in Ungarn
Steinamanger. Stadt in Westungarn
56 *Poseur.* Angeber
57 *Reseda.* Pflanze
59 *Seelenverkäufer.* hier: jmd., der Menschen skrupellos anderen ausliefert
Iltis. kleines Raubtier aus der Familie der Marder
brenzlich. gefährlich
Drapp(-Überzieher). Mantel; „drapp" kann auch „sandfarben" bedeuten
60 *Sacher.* berühmtes Hotel mit Café in der Wiener Innenstadt
61 *G'frett.* Ärger, Plage
jmd. aushalten. den Lebensunterhalt für jmd. bezahlen und ihn so von sich abhängig machen
Spiegelgasse. das Bordell kann es sich leisten, in die vornehme Spiegelgasse (zwischen Hofburg und Stephansdom) umzuziehen
62 *sich giften.* sich ärgern

ZUR TEXTGESTALTUNG

Der Text basiert auf der Ausgabe: Arthur Schnitzler: Die dramatischen Werke, Band 1, S. Fischer Verlag, Frankfurt/M. 1962. Die Rechtschreibung wurde auf der Grundlage der neuen amtlichen Richtlinien behutsam modernisiert.